LE LORGNON.

GAVARNI.

LE LORGNON.

IMPRIMERIE DE AUGUSTE AUFFRAY,

PASSAGE DU CAIRE, N. 54.

LE LORGNON.

Sur le front du flatteur il lit la vérité.
Madeleine, Ch. IX.
Mᵐᵉ EMILE DE GIRARDIN.

GAVARNI.

PARIS.

LIBRAIRIE DE CHARLES GOSSELIN,

RUE SAINT-GERMAIN-DES-PRÉS N. 9;

ALPHONSE LEVAVASSEUR, ÉDITEUR, PALAIS-ROYAL.

—

1832.

PRÉFACE.

CETTE préface n'est point à la mode, l'auteur ne se fait pas illusion; d'abord elle est écrite par lui-même, tort grave dans lequel on ne tombe plus; ensuite elle n'est pas plus longue que l'ouvrage, elle n'est pas meilleure non plus et ne prouve pas qu'il est excellent; elle n'est point menaçante, et n'annonce pas une

demi-douzaine de livres dans le même
genre que l'on se propose de publier
incessamment; elle n'insulte aucun
gouvernement, ni passé, ni présent, ni
futur; elle ne classe pas le mérite des
auteurs contemporains, en immolant
tout ce qui a obtenu du succès jusqu'à
nos jours. L'auteur n'y prouve pas que
ses amis seuls savent écrire, qu'eux
seuls ont de l'originalité et du génie;
ce n'est pas qu'il manque d'amis spirituels, et qu'il ne soit fier de leurs talens, mais malheureusement ils se sont
illustrés eux-mêmes, par leurs vers su-
blimes, leur prose éloquente et poétique; et leur célébrité est si grande,
qu'on ne saurait pas plus prétendre à
établir leur réputation qu'à y ajouter.

Le grand charlatanisme des noms propres ne sera donc pas l'intérêt de cette
préface ; il n'y aura pas même l'éloge
de ceux qui en doivent rendre compte
dans les journaux ; nulle vanité n'y
est implorée ; on n'y flatte la haine
d'aucun parti, la malveillance d'aucune cotterie ; c'est assez dire qu'elle
sera insignifiante comme l'ouvrage.

Le but de cette préface n'est pas non
plus de révéler une grande et sublime
arrière-pensée philosophique qu'on a
oublié de faire sentir dans l'ouvrage ;
l'auteur n'a pas la prétention de faire
école, d'inventer un style, de démon-
trer de grandes vérités morales, politiques ou littéraires ; il n'a rien voulu

prouver; il n'a rien voulu peindre; sa
manière n'est pas un système; ses per-
sonnages ne sont pas des portraits. Il
n'a pas prétendu corriger la société, il
serait au contraire désolé qu'elle chan-
geât, car elle lui plaît-telle qu'elle est,
elle l'amuse, elle l'inspire; il chérit
tous les ridicules qu'il découvre en elle,
parce qu'ils le rassurent et l'autorisent
à garder ceux qu'il a; ridicules dont il
rit lui-même avec bonhomie quand il
les aperçoit. Comme il écrit sans prétention, il veut qu'on le traite sans
conséquence. Le but de sa préface est
donc de déclarer qu'il a écrit ces pages
pour lui-même, en s'amusant, sans projet de les publier, sans penser qu'on
dût les lire, qu'il n'y attache aucune

importance : voilà tout son charlatanisme ; voilà sa seule originalité.

Ainsi donc : que ces esprits sérieux
qui ne voient dans l'apparition d'un
livre qu'un auteur à juger, et qui tien-
nent gravement le couteau d'ivoire sus-
pendu sur son œuvre comme un glaive
sur la victime, que ceux-là, dis-je,
n'entreprennent point la lecture de ce
livre ! il n'a pas été écrit pour eux, ils
ne le comprendraient pas. Il ne s'ad-
dresse qu'à ces imaginations paresseuses qui suivent avec complaisance les
rêveries du poète, les merveilles d'un
conte de fées ; qui n'analysent pas ce
qui les fait rire, qui ne se font pas un
remords d'avoir compris un mot que le

dictionnaire de l'académie n'a pas sanc-
tionné; qui nous savent bon gré de publier une *Nouvelle* sans prétention,
sans nous croire auteur pour cela, sans
la corriger, comme on envoie à son ami
une lettre écrite à hâte, et qu'on ne s'est
pas donné la peine de relire ni même de
signer; enfin à ces lecteurs spirituels
et indulgens qui ont toujours un peu de
reconnaissance pour le livre qui les a
aidés à passer une heure d'attente, entre une affaire et un plaisir, entre un
adieu et un retour. Cette catégorie
comprend les hommes qui s'ennuient
et les femmes qui aiment, n'est-ce pas
à peu près la moitié du monde! —

LE LORGNON.

I.

As-tu vu Edgar depuis son retour? disait Frédéric Narvaux à son ami M. de Fontvenel, en se promenant avec lui dans la grande allée des Tuileries.

— Non, on m'a dit qu'il était bien changé.

— Ah! mon cher, méconnaissable.

— Comment! il a donc été malade?

— Non pas, il se porte à merveille, et personne ne prouve plus que lui à quel point notre visage, notre tournure dépendent de notre humeur.

— J'en conclus qu'il est fort maussade, et ce qui est pis encore, qu'il est devenu fort laid.

— Non, vraiment; bien au contraire; les femmes le trouveront mille fois plus séduisant maintenant, car il a l'air sentimental, et c'est tout ce qu'elles aiment.

— Qu'est-ce que tu me dis là? Edgar de Lorville devenu sentimental! j'aimerais mieux croire que tu deviens dévot. Lui, ce bon enfant si frais, si réjoui, ne doutant de rien, présomptueux comme un avocat et confiant comme un mari; qui voulait se battre pour une danseuse; qui me demandait conseil à l'écarté quand je pariais contre lui, et qui reconduisit un soir son rival chez sa maîtresse sans reconnaître la maison ? — Eh ! bien, oui, mon cher, cet ingénu n'est plus qu'un diplomate mélancolique. Il n'y a rien de tel que la diplomatie pour détruire un bon naturel. Imagine-toi un Werther fat ; l'air moqueur et découragé, le regard distrait, le sourire incrédule, n'écoutant pas ce qu'on lui dit, comprenant tout de travers, et répondant de même ; vous lorgnant d'un air dédaigneux, d'une manière insupportable, et par parenthèse, avec le plus vilain lorgnon que perruquier de vaudeville, faraud de boulevart, calicot de province, aient jamais porté de leur vie.

— Tu m'étonnes, j'ai été élevé avec Lorville, il avait une vue excellente, et...

— Justement ; c'est une ruse diplomatique. La parole, dit-on, a été inventée pour cacher ce qu'on pense, et le lorgnon, pour cacher que l'on y voit.

— Tu te trompes. Edgar n'est pas si profond que cela.. Malgré ses succès à Vienne et ses voyages merveilleux en Bohème, je ne le croirai jamais un rêveur mélancolique; Eh! vraiment, j'ai raison, s'écria M. de Fontvenel, c'est bien lui que j'aperçois sur la terrasse; il rit tout seul comme un fou.

En effet, c'est lui-même, reprit M. Narvaux, mais qu'a-t-il donc à rire ainsi en lorgnant cette petite blonde? Il faut absolument savoir ce qui l'amuse tant.

A ces mots tous deux franchissent l'escalier de la terrasse. M. de Lorville les ayant aperçus vint à eux avec empressement. Son visage gracieux parut rayonnant de plaisir en reconnaissant M. de Fontvenel, son ami d'enfance; mais quelle que fût sa politesse,

il ne put dissimuler une impression désagréable en serrant la main que Frédéric lui
tendait affectueusement ; par un mouvement involontaire, il saisit vivement son
lorgnon, le cacha dans sa poitrine, et bientôt sa physionomie reprit son expression
habituelle de mélancolie.

Ce mouvement n'échappa point aux
deux amis, et après les premières phrases
du retour, les questions mille fois répé-
tées, les complimens, les reproches, les
explications inutiles de lettres perdues ou
restées sans réponse, de voyages projetés,
d'événemens imprévus, après toutes ces
inutilités du passé qui font oublier les faits
importans de la veille, M. de Fontvenel dit
à son ami : — Depuis quand es-tu devenu
aveugle? il n'est bruit que de ton lorgnon
et de la manière dont tu en uses; voyons

un peu s'il mérite sa réputation? — Edgar
rougit et jeta un regard dédaigneux sur
M. Narvaux, qui s'écria : — Je devine; c'est
un souvenir de quelque belle Allemande, puis
contrefaisant l'accent allemand, il ajouta :
c'est un *cache* d'amour, un *ton* de la *peauté*.
— Edgar ne put s'empêcher de sourire, et
Frédéric de s'écrier : — Plus de doute! c'est
un *cache*, un *cache t'amour*. — Va pour
un *cache*, reprit en riant Edgar un peu
remis de son émotion; aussi bien c'est la
dernière fois qu'on m'en parlera; puisqu'il
me rend ridicule, je ne le porterai plus.

M. de Lorville n'était que depuis peu de
temps possesseur de ce lorgnon mystérieux. L'histoire en paraîtra surprenante ;
plusieurs mêmes douteront du fait, aussi
me contenterai-je de le rapporter fidèlement
sans l'expliquer.

Au moment de terminer ses voyages, Edgar avait rencontré, au fond d'une petite ville de la Bohème, un savant inconnu du monde, et d'autant plus instruit, car il avait employé à son instruction le temps qu'on use ordinairement à la faire valoir. A la fois physicien, médecin, mécanicien, opticien, il était tout, excepté Bohémien. Cet homme étonnant, à force d'étudier les diverses propriétés de la vue, les variantes qualités du cristal, les mystères de la miopie et tous les secrets de la science oculaire, était parvenu, après bien des années, bien des travaux, bien des veilles, après ces longs jours de découragement qui servent de repos à la science, et ces heures énivrantes où l'imagination s'enflamme aux premières lueurs d'une découverte.... Après avoir plus d'une fois consulté le célèbre Gall et Lavater, après avoir endormi et réveillé plus d'une som-

nambule, il était parvenu, dis-je, à composer une sorte de verre si parfaitement har-
monisé aux rayons visuels, qui reproduisait
si fidèlement les moindres expressions de la
physionomie, qui montrait d'une manière
si merveilleuse ces détails imperceptibles,
ces fugitives contractions de nos traits cau-
sées par les divers mouvemens de l'ame,
que l'œil, aidé de ce flambeau, pénétrait
la pensée la plus profonde, et traduisait,
pour ainsi dire, la fausseté la plus intime.
En un mot, le possesseur de cet anti-prisme,
de ce télescope moral, voyait aussi loin
dans la pensée que l'astronome dans les
cieux; et quel que fût le masque qui recou-
vrît votre visage, vous n'aviez, à travers ce
cristal délateur que la physionomie de vos
véritables sentimens.

Vivant dans la retraite et avec de bonnes

gens qui ne cachaient pas leurs pensées, ou qui peut-être n'en avaient pas, n'ayant d'autre passion que la science, d'autre intérêt que l'étude, le pauvre savant ne se doutait guère des inconvéniens de sa découverte; aussi, pour reconnaître quelques services que M. de Lorville lui avait rendus, il lui révéla son secret, et lui fit présent d'un lorgnon composé de ce cristal inappréciable, peut-être pour le remercier de tous les nobles sentimens qu'il avait lus dans son cœur. Enfin dans leur double simplicité, naïveté de jeunesse et candeur de science, l'un crut faire un don profitable, l'autre recevoir un talisman de bonheur.

II.

Plein d'idées merveilleuses, Edgar brûlait de revoir son pays. Un instinct de finesse
lui disait qu'à Paris seul, ce talisman aurait
tout son prix. Paris! ville de prestige, où le
regard est juge, où l'apparence est reine;
où la beauté est dans la tournure, la conduite dans les manières, l'esprit dans le bon
goût; où les prétentions dénaturent, où

l'homme le plus distingué rougit de ses
qualités primitives et s'efforce d'en imiter
d'impossibles à son naturel; où la vie est
un long combat entre un caractère de naissance qu'on subit, et un caractère d'adop-
tion qu'on s'impose; où chacun est en travail d'hypocrisie, où l'esprit profond se veut
faire léger, où l'esprit léger se fait pédant,
où chacun vit des autres avec de la fortune,
imite celui qui le copie, et emprunte souvent le costume qu'on lui a volé. Ville de
graves folies et d'innocentes faussetés! Nul
ne peut pénétrer dans ton enceinte sans
partager ton délire, sans y subir une des
métamorphoses de la vanité!

Armé de son talisman, Edgar traversa
rapidement l'Allemagne et la France, sans
s'arrêter dans aucune des villes principales
qu'il avait déjà visitées. Le lorgnon magique

n'eut guère l'occasion de s'exercer que
sur les différentes espèces d'aubergistes,
avec lesquels il lui fallut communiquer
pendant la route. C'était partout les mêmes
finesses, les mêmes ruses pour le retenir
ou le voler. Et le naïf Edgar se disait : c'est
singulier, Allemands, Italiens, Français,
tous les aubergistes ont la même pensée;
le sage aurait dit : partout les hommes sont
les mêmes.

Voilà donc un jeune étourdi de 23 ans,
plein de droiture et de confiance, jeté au
milieu de la société tortueuse de Paris avec
le secret de tous. Les parens d'Edgar atta-
chés à l'ancienne cour, s'étaient retirés dans
une de leurs terres en province. Ses meilleurs amis étaient absens, et sa pénétration
ne put d'abord s'exercer que sur des indifférens. Aussi les premiers jours de son ar-

rivée à Paris, cette pénétration l'amusa-t-elle
à en perdre la tête. C'étaient des rires étouf-
fés, des quiproquos, des explications à n'en
plus finir; car le jeune diplomate n'avait pas
encore la présence d'esprit qu'un tel art exige
et comme il ne répondait jamais à la parole
qui lui mentait, mais à la pensée que son
lorgnon lui traduisait, il en résultait une
suite de malentendus, de susceptibilités risi-
bles, et quelquefois d'aveux si comiques,
qu'Edgar ne voyait dans son fatal lorgnon
qu'un trésor d'inépuisables amusemens.

C'est alors qu'il rencontra Frédéric Narvaux, son ancien camarade de collége. Sa
joie de le revoir fut grande, il la témoigna
cordialement; mais M. Narvaux mit dans
la sienne tant d'enthousiasme que le bon
Edgar ravi d'une telle amitié voulut en
jouir doublement, en pénétrant dans le

cœur de son ami. Quelle fut sa surprise en lisant, au lieu de ces mots que M. Narvaux disait avec passion : « Cher ami, que je suis heureux de ton retour, etc., ceux-ci : Maudit retour, je parie qu'Esther va recourir après lui. » Edgar resta confondu, il croyait Frédéric un modèle de franchise, et beaucoup d'autres s'y trompaient comme lui.

C'était un de ces hommes sur lesquels tout le monde croit pouvoir compter. Il passait pour brave, parce qu'il était querelleur, pour franc, parce qu'il était contrariant, et pour serviable, parce qu'il était familier. Il est vrai qu'il n'attaquait que les gens timides, ne contrariait que les gens sans avis, et n'offrait ses services qu'aux personnes, qui, par leur position, et la délicatesse de leur caractère le mettaient hors de danger de les voir accepter. Néanmoins son air brusque en imposait, et d'ailleurs comment soupçonner qu'un homme si bruyant pût dissimuler?

A peine M. de Lorville eut-il le secret de ce caractère, qu'il prit en horreur son ancien ami. Sa gaîté disparut et fit place à la plus pénible défiance, au plus sombre découragement; ses manières avec lui, changèrent subitement il cessa de le tutoyer; il ne l'écoutait plus; car il ne pouvait se résoudre à entendre ses protestations d'amitié auxquelles il ne pouvait plus croire, et qui dénuées de grâce et de coquetterie, n'avaient jamais eu de prix à ses yeux que par la confiance que leur rondeur inspirait. Les faussetés grâcieuses et élégantes ont cela de précieux, qu'elles séduisent encore, lorsque l'illusion est passée. Les mensonges d'une voix douce sont encore de l'harmonie; elle trouve pour ainsi dire dans le charme que lui donnent les sentimens qu'elle affecte, le droit de les exprimer; mais une parole d'a-mitié grossière et bruyante qui perd sa franchise, devient insuportable; c'est une injure détournée qui irrite, et avec laquelle il n'est point d'accommodement. On se trouve entraîné à dissimuler avec une personne adroite et doucement perfide; mais avec un Tartufe tapageur, l'esprit fatigué ne peut cacher ni son mépris, ni son dégoût.

Dès qu'il fut poliment permis de quitter M. Narvaux, Edgar lui dit adieu. En partant, après mille récits de plaisirs qu'Edgar n'avait pas écoutés, Frédéric ajouta. — Nous soupons tous ce soir chez Esther, viens-y donc, tu nous charmeras. M. de Lorville pénétrant sa pensée ne répondit qu'à elle, et refusa.—Pourquoi non, reprit Frédéric, je me fais une fête de t'y ramener.—Et moi, reprit séchement Edgar, un devoir de t'y laisser. »

M. Narvaux n'avait nulle envie de ramener son ami chez cette petite danseuse qui avait aimé Edgar avant lui, et qui, sans doute, le préférerait encore ; il comprit qu'il était deviné, et ne put pardonner à M. de Lorville l'adresse avec laquelle il avait pénétré la fausseté de son invitation, et moins encore l'insolente générosité qui la lui faisait refuser. C'est pourquoi il traçait d'Edgar un portrait si peu flatteur, lorsqu'il le rencontra aux Tuileries.—Nous disions du mal de toi, mon cher, lui avait-il crié, en l'abordant. C'était encore une de ses malices, il disait la vérité, mais en riant, de manière à la rendre douteuse. Cette ruse ne

devrait être permise qu'aux femmes; car
leur gaîté est presque toujours de l'embarras, et les ruses de l'émotion ne sont-elles
pas toutes pardonnables!

M. Narvaux était, selon l'expression d'un
vieux philosophe de mes amis, un homme
de la troisième finesse : la première finesse,
disait-il, consiste à cacher ses projets, la seconde à en feindre d'imaginaires pour dissimuler ceux qu'on a, et la troisième enfin,
c'est de les dire tout haut et en plaisantant,
comme s'ils ne pouvaient entrer dans la
pensée. Cette remarque m'a toujours pour-
suivie depuis ce temps; il m'arrive quelquefois, malgré moi, de classer mes amis dans
une de ces trois catégories, et j'avoue que
j'en ai rangé bien peu dans la première. Il
y a tant d'activité en France, dans les esprits, que le mystère même y veut agir;

peu de gens se bornent à cacher simplement leur ambition et leur pensée, il leur en coûte moins de les démentir, ou, ce qui est bien pis d'en affecter de contraires.

III.

Edgar, qui commençait à comprendre le
danger de son fatal lorgnon n'osait en faire
l'épreuve sur son meilleur ami. Il était si
heureux de revoir M. de Fontvenel, si touché de sa cordiale amitié, et il aurait tant
souffert, s'il avait fallu douter d'elle! Hélas!
cette prudente précaution était déjà de la
défiance. Une illusion que l'on ménage est

comme une fortune qui se dérange, le jour
où le mot *économie* a retenti dans un cœur
confiant, il est à moitié ruiné.

Edgar avait perdu cette fleur de bonhommie, cette virginité de l'erreur qui rendait sa jeunesse si brillante et son caractère
si aimable. Adieu douce et confiante amitié,
mille fois plus dangereuse que l'amour en
tes égaremens; lui du moins sait qu'il est
aveugle, il se défie et prend un guide; mais
toi, *quinze-vingt* sans le savoir, tu marches
fièrement où tu crois qu'on t'appelle; tu te
fies en ta froideur, tu te reposes en ta faiblesse, tu te nourris de conseils importuns,
tu te berces de vérités désagréables qui te
rassurent; et dans ton erreur raisonnée, tu
penses que ta route sera sans abîmes parce
que tu la sais sans prestiges. Pauvre amitié,
la plus amère des déceptions! Edgar ne con-

naît déjà plus tes pures et entières jouissances;
il transige avec sa foi, il économise les épreuves; et tandis qu'il croit s'abandonner aux
charmes des discours affectueux de son ami,
une prudence voilée veille à ses réponses; la
défiance travaille sourdement sa pensée, il
met à part les projets dont il ne lui parlera
pas, les petites aventures qu'il se promet de
lui cacher, et qu'autrefois il lui eût confié
de plein cœur. Enfin, le doute, l'affreux
doute était venu se placer entre eux comme
un espion implacable, et les deux amis sans
se rendre compte de leur malaise, ressem-
blaient à ces prisonniers qui ne peuvent
recevoir de visites qu'accompagnés d'un
gendarme, et qui s'étonnent de ne pouvoir
soutenir la conversation avec leurs meilleurs amis.

Que vois-je, il est six heures, s'écria

M. Narvaux, en passant devant l'horloge des Tuileries. Je suis en retard, je dîne chez mon oncle le ministre et je vous quitte.

—Je te verrai demain, reprit M. de Font-venel.

— Où donc?

— Au bal chez l'ambassadrice de ***.

— Quelle question! répond Frédéric d'un air important et presque indigné. Tu sais bien que je ne puis y aller. — Il donnait à entendre par ce ton décidé que sa position politique l'empêchait de se permettre un tel plaisir.

Edgar, impatienté de cette grossière minauderie, tira brusquement son lorgnon, et vit clairement que cet obstacle politique si grave qui forçait M. Narvaux à dédaigner

ce grand bal , n'était autre chose qu'un
billet d'invitation quémandé depuis quinze
jours , et qu'on n'avait point encore obtenu.
Un sourire moqueur suivit cette découverte. Frédéric s'éloigna.

Resté seul avec M. de Fontvenel, et tenant entre ses mains ce miroir funeste où
la vérité se réfléchit , Edgar ne put résister
à la tentation de regarder son ami. Il était
d'ailleurs excité par cette indignation vin-
dicative , ce mépris agitant qu'inspire la
fausseté inutile , et qui donne une si grande
impatience de la déconcerter. Il sentait
qu'un pas de plus fait vers le désenchantement lui donnait le droit d'entrer en guerre
avec la société , et que fort des avantages
de sa pénétration il pouvait trouver dans le
malin plaisir de son esprit une compensation au naïf bonheur qu'il avait perdu.
Courage, se disait-il, je serai du moins dé-

livré des tortures d'une demi confiance; si celui-là me trompe aussi, je ne croirai plus à rien, je briserai mon cœur, je serai libre, et je m'amuserai en me vengeant. Décidé à rompre le charme, M. de Lorville épiait le moment où il pourrait lorgner son ami sans en être regardé; puis, continuant sa conversation :

— Ta petite sœur doit être bien belle maintenant? Te ressemble-t-elle? Et comme pour s'assurer si cette ressemblance pouvait être un avantage, il fixa sur son ami son lorgnon implacable, en écoutant sa réponse.

— Oui, reprit M. de Fontvenel, Stéphanie me ressemble un peu, mais elle n'est pas aussi jolie qu'elle promettait devoir l'être.

Edgar savait par d'autres personnes que
mademoiselle de Fontvenel était devenue
ravissante. Cette modestie trompeuse l'a-
larma ; mais qu'il fut heureusement soulagé
en pénétrant le généreux motif qui l'avait
dictée. « Non, pensait M. de Fontvenel, je
ne veux pas qu'Edgar aime ma sœur, elle
n'est pas assez riche pour lui, et je ne veux
pas que l'on puisse m'accuser de spéculer sur
les bons sentimens de mon ami, pour lui faire
faire une mauvaise affaire à mon profit. »

Quelle délicatesse il y avait dans cette pensée, et combien Edgar y fut sensible ! Avec
quels délices il contemplait ce cœur si noble
où les sentimens les plus dévoués et les plus
purs semblaient s'être réfugiés ; que sa jeune
âme était doucement émue, en passant si
subitement des angoisses de la défiance aux
transports d'une foi renaissante. Dans le

délire de sa joie, Edgar retrouvant sa
bonhomie naturelle, ne peut se contenir,
et, oubliant les Tuileries, les promeneurs,
les élégantes, les factionnaires et tout cet
attirail qui rappelle le monde et modère
singulièrement les élans du cœur, il saute
au cou de son ami et l'embrasse avec trans-
port en s'écriant : Ah! cher Alphonse, que
je t'aime, et que je suis heureux! M. de
Fontvenel le crut complétemeut fou, car,
pour éviter de parler de sa sœur, il s'était
empressé de mettre la conversation sur des
choses absolument indifférentes, sans s'a-
percevoir qu'Edgar ne l'écoutait point. Il
avait parlé des spectacles, des pièces jouées
à Paris pendant son absence. Il en était à
raconter M. *Cagnard* et les meilleures plaisanteries de cette bonne satyre, lorsque
M. de Lorville l'embrassa si passionnément,
et il ne pouvait comprendre pourquoi le

nom d'Odry, de Vernet et de madame Vau-
trin lui inspiraient de tels transports. Ainsi
l'on accuse souvent de folie l'homme qu'une
subite découverte fait changer d'avis, et
de caprice une femme que sa pénétration
vient d'éclairer.

IV.

Edgar, réconcilié avec son talisman, ne songeait plus qu'à jouir du plaisir qu'il lui promettait dans le monde. Il est certain qu'il l'aidait à dévoiler des choses bien amusantes.

Personne plus que lui ne se divertissait au spectacle; la salle et le théâtre lui offrant un double plaisir. Cependant l'illusion pour lui était difficile, et les pensées qu'il découvrait à l'aide de son lorgnon dans l'âme de l'acteur le gênaient bien souvent pour s'intéresser au héros qu'il représentait. Par exemple, les bons et honnêtes sentimens qu'il lisait dans le cœur du farouche Marat au plus fort de sa colère ; les rêveries de toilette qu'il surprenait dans la pensée de Charlotte Corday au moment de l'assassiner ; le joli chapeau qu'il lui voyait admirer aux secondes loges, en levant les yeux au ciel, pour mieux écouter sa sentence ; les réflexions burlesques de ces pauvres jeunes premières, que leurs corsets baleinés gênent tant pour mourir avec grâce, *à la Smithson ;* les petites préoccupations du grand Napoléon, qui avait si peur de se faire une querelle avec les défenseurs du *juste milieu,* en représentant trop fidèlement le *père du fils de l'homme ;* tous ces secrets enfin, connus de lui seul, le dérangeaient dans sa terreur ; aussi était-il mauvais juge. La comédie, même celle de Molière, ne pouvait non plus lui laisser de grandes illusions. Lisette et Scapin, loin de l'amuser par leur folie, lui faisaient pitié ; ils avaient l'ame si triste au milieu de leur gaîté, de voir la salle vide et de plaisanter dans le désert.

— Personne ! *pas un chat* dans toute la salle, pensait douloureusement la pauvre soubrette, en éclatant de rire de ce rire de comédie si peu contagieux.

« Sept livres dix sols de recette ! se disait amèrement Scapin, en gambadant autour de Géronte. »

Et Lisette, continuant de folâtrer, se disait : « Faire une toilette pour n'être pas regardée ! »

Et Scapin, poursuivant ses pirouettes, se

3

disait : « Débiter cinq cents vers pour des
gardes nationaux qui viennent dormir *gratis,*
étendus sur les banquettes du parterre !... »
et tout cela était d'un comique à fendre le
cœur.

L'opéra ne l'amusait pas moins à observer ; les bruyans compagnons du comte Ory
ne lui semblaient pas tous aussi joyeux et
aussi enivrés qu'ils voulaient bien le paraître.
La *Somnambule* n'était pas non plus si malheureuse d'un soupçon qu'elle s'efforçait de
le faire croire ; enfin, les habitués de l'O-
péra et des autres théâtres s'étonnaient souvent de voir au balcon un jeune homme qui
paraissait spirituel, rester seul sérieux quand
toute la salle éclatait de rire, tandis que,
au contraire, il riait parfois comme un fou
aux momens les plus pathétiques des plus
beaux désespoirs de nos plus grandes ac-

trices. Souvent aussi les spectateurs placés
auprès de lui s'éloignaient brusquement,
ne se rendant pas compte de leur malaise,
mais comme magnétisés par le regard de ce
jeune homme qui souriait sans leur parler.
Il y avait un soir à l'Opéra, aux troisièmes
loges en face, une *grosse dame* parée qui
devait avoir une idée bien singulière, car
M. de Lorville faillit mourir de rire en la
regardant.

C'était le jour du grand bal dont il a déjà
été question. M. de Lorville était depuis une
heure chez l'ambassadrice, se promenant
çà et là, lorgnant, écoutant, et se cachant
pour observer. Il savait déjà l'histoire de
toutes les parures; il avait déjà pénétré tous
les petits secrets de la coquetterie, les mai-
gres efforts de l'avarice, les prudentes ruses
de l'économie; il savait le nom de tous les

bouquets. Telle femme respirant le parfum du sien en minaudant semblait craindre qu'on en devinât le mystère sentimental, l'avait tout simplement fait acheter le matin chez sa bouquetière; telle autre disait bonnement l'avoir acheté, qui l'avait bien reçu. Presque toutes mentaient sans se douter que tant de ruses étaient inutiles, et qu'on n'avait même pas besoin d'un lorgnon de Bohème pour les deviner. Mais ce n'était point sur ces faciles découvertes qu'Edgar fondait les plaisirs de sa soirée. Toute sa malice se recueillait pour jouir de l'apparition si impatiemment attendue de M. Narvaux.

Son père, le duc de Lorville, étant fort lié avec l'ambassadeur de ***, il lui avait été facile d'obtenir pour son ancien ami, le billet d'invitation si humblement demandé

naguère, et dont M. Narvaux avait probablement désespéré. Edgar imaginait d'a-
vance les raisons que Frédéric allait inventer
pour excuser l'inconséquence de sa conduite, et expliquer son apparition dans une
fête dont il avait fait entendre que ses opinions politiques lui imposaient le devoir de
se priver.

M. de Lorville épiait cette entrée avec
anxiété, comme l'amant le plus passionné
guette l'apparition de la femme qu'il aime.
Enfin le moment est venu. M. Frédéric Narvaux s'avance, l'air arrogant, la tête haute;
mais avec cette préoccupation gênante, cette
politesse indécise, ce salut vague et tâtonnant
d'un convié qui ne connaît ni le maître, ni
la maîtresse de la maison. Frédéric joignait
à cet embarras connu des gens les plus ré-
pandus dans le monde, une autre perplexité

que ceux-ci ne connaissent pas, celle d'i-
gnorer complétement d'où lui venait son
billet d'invitation. En le recevant, il s'était
expliqué la veille avec son oncle le *ministre*,
qui lui avait dit franchement avoir oublié
d'inscrire son nom sur la liste des nouveaux
admis. Il ne pouvait deviner d'où lui venait
cette faveur, ni à qui s'adresser pour être
présenté aux maîtres de la maison. M. de
Lorville s'amusait trop de son étrange embarras pour le faire cesser tout de suite ; il
se plaisait à voir M. Narvaux traîner de salon
en salon, nageant, pour ainsi dire, dans un
océan d'inconnus, et passant vingt fois dans
ses promenades devant l'ambassadrice qu'il
cherchait. Enfin Edgar jugeant que ce supplice avait assez duré, alla droit à M. Narvaux, d'un air surpris, comme s'il venait
seulement de l'apercevoir.

Frédéric parut si soulagé en trouvant enfin

une personne de sa connaissance, que M. de
Lorville ne put voir sans sourire son empressement à lui parler. Ah! cette fois, pensa-t-il, la joie de me revoir est bien sincère!
et feignant d'être étonné : Vous, ici s'é-
cria-t-il, je croyais que votre position...

—Ne m'en parle pas, interrompit M. Narvaux, tu m'en vois honteux, mais je ne me
fais pas meilleur que je ne suis; et, quand
une jolie femme me dit : *Je le veux*, j'irais
au bal chez mon plus grand ennemi pour
l'y voir danser. Edgar fut émerveillé de
l'audace de ce mensonge, et se promit de
le déconcerter. Cependant voyant que Frédéric s'obstinait à rester près de lui, il commençait à se repentir de l'avoir fait inviter;
et profitant du prétexte qui s'offrait, il se
perdit dans la foule et courut rejoindre sa
danseuse.

C'était une blonde ravissante de beauté et de mélancolie. De grands yeux noirs à demi voilés par de longues paupières, un sourire inachevé, un air de complaisance à se prêter à des plaisirs qui n'en sont plus pour elle; une attitude de langueur et même de souffrance donnaient à toute sa personne un charme inexprimable. Edgar n'avait pu obtenir que la quatrième contredanse, tant les merveilleux du jour s'empressaient autour d'elle. Mademoiselle d'Armilly avait pris un petit air boudeur lorsque Edgar était venu la prier à danser. Pour en connaître la cause, il l'avait lorgnée en s'éloignant. « C'est bien ennuyeux, pensait-elle, de danser avec des gens que l'on ne connaît pas. » Cette réflexion plut beaucoup à M. de Lorville. Il commençait à se fatiguer des continuelles coquetteries que les femmes lui adressaient, séduites par son joli visage, sa tournure distinguée et l'élégance de ses manières. Cette jeune personne, se disait-il, préfère ses anciens amis à ses nouvelles conquêtes; j'aime ce caractère et lui pardonne le peu d'empressement qu'elle a mis à accepter mon invitation.

La ritournelle de la quatrième contredanse étant déjà jouée, Edgar vint prendre la main de sa jolie danseuse; et comme il n'aurait pas été poli de la lorgner en causant avec elle, il se livra tout au plaisir de l'écouter et de l'admirer. Mademoiselle d'Armilly avait quitté son petit air maussade, sa jolie taille s'était redressée, son visage s'était ranimé, sa démarche avait plus d'assurance, enfin elle avait cet ensemble satisfait qui trahit souvent les femmes quand elles dansent avec une personne qui leur plaît; cette confiance de plaisir d'une valseuse qui rencontre un

bon valseur ou d'un savant joueur de whisk
à qui le sort a donné un partenaire digne
de lui.

M. de Lorville remarqua ce changement,
et l'attribua d'abord à l'effet que produisait
la beauté de mademoiselle d'Armilly et à
son désir de paraître belle au cercle nombreux d'admirateurs qui l'entouraient; mais
bientôt il vit que cette métamorphose de
manières s'étendait jusqu'à lui. Mademoiselle d'Armilly semblait adoucir encore
ses regards pour les attacher sur les siens
et choisir les plus tendres accens de sa voix
pour lui répondre. Il y avait dans tous ses
discours une intention de plaire qu'il était
impossible de ne pas remarquer. Toute cette
coquetterie sans faste et pleine de bon goût
enchantait M. de Lorville. — Vous arrivez
d'Allemagne, dit mademoiselle d'Armilly,

êtes-vous resté long-temps à Vienne? Edgar comprit alors que mademoiselle d'Armilly savait qui il était, et il se rappela avoir re- marqué qu'elle demandait son nom à une personne placée près d'elle au moment où il était venu la chercher pour danser.— Oui, répondit-il, j'y ai passé plus d'un an. — S'y amuse-t-on beaucoup ? — C'est se- lon, il y a des gens qui ne s'amusent nulle part; je connais un Anglais qui prétend que Paris est la ville du monde la plus ennuyeuse, et je vous assure que pour sa part il a raison ; il n'y est resté qu'un mois avec la fièvre tierce. Aussi, il ne veut pas croire que personne s'y amuse. — Mademoiselle d'Armilly rit de cette plaisanterie avec tant de complaisance, que M. de Lorville se plut à exciter sa gaîté et lui sut bon gré de rendre ainsi la conversation facile, en lui parlant de ce qu'elle savait de lui.

Comme il dansait, un élégant d'un âge raisonnable avec qui mademoiselle d'Armilly avait causé une partie de la soirée vint se placer derrière elle, mais il n'y resta pas long-temps; elle le reçut si froidement et avec tant de sécheresse que le pauvre soupirant déconcerté par cette rigueur inattendue s'éloigna bientôt. Edgar demanda son nom. — C'est M. de Champléry, reprit mademoiselle d'Armilly d'un air de confidence et de malice enfantine; c'est un protégé de mon oncle; je danse avec lui par ordre, aussi cela m'ennuie-t-il à périr. Edgar fut ravi de la naïveté de cette réponse et de cette manière grâcieuse de se lier avec lui en le mettant pour ainsi dire de son parti. Jamais il n'avait éprouvé près d'une femme une émotion plus séduisante. La contredanse venait de finir, il fallut se séparer. Edgar reconduisit à sa place,

auprès de sa mère, mademoiselle d'Armilly;
et en le voyant s'éloigner, elle lui adressa un
sourire plein de gentillesse qui voulait dire :
« Nous sommes déjà de vieux amis. »

Tout en rêvant à sa nouvelle passion,
Edgar alla se placer dans une embrasure
de fenêtre pour l'admirer en silence. Mademoiselle d'Armilly qui le suivait des yeux
vit de loin qu'il s'apprêtait à la lorgner attentivement, et donnant à sa physionomie,
toute la grâce de l'embarras, elle baissa les
yeux.

Jaloux de connaître l'impression qu'il
avait faite sur elle, Edgar brûlait de lire
dans son cœur. Mais hélas! Voilà ce que
cette ame si tendre pensait de lui et de son
esprit : « C'est le fils du duc de Lorville, il
aura soixante mille livres de rente en se
mariant.

—Oh! quel amer désenchantement! de
son esprit, pas un mot, de sa personne, pas
un souvenir. En vain il avait été aimable,
en vain il s'était réjoui d'être ce jour là plus
à son avantage, on ne l'avait pas écouté, on
ne l'avait pas regardé. Ce qu'on aimait en
lui, c'était son vieux père et son vieux château de Lorville où il s'ennuyait tant.

Combien il pardonnait alors aux femmes
qui n'aimaient en lui que ses agrémens fri-
voles. Mademoiselle d'Armilly était indigne
d'éprouver une si simple faiblesse. L'ambition rend aveugle, les avantages qu'elle recherche sont les seuls qu'elle comprenne,
non-seulement elle dédaigne les autres, mais
elle ne les voit pas.

Edgar tombé du haut de son illusion se
livra à un dépit sans mesure. Chaque fois
qu'il passait devant mademoiselle d'Armilly,

il répondait à ses regards engageans, en
détournant la tête de la manière la plus insolente. Ah! se disait-il, ce n'est que mon
rang qui lui plaît en moi, hé bien, je le lui
ferai sentir, en la dédaignant. Mademoiselle
d'Armilly remarqua bientôt cette différence
dans les sentimens de M. de Lorville, elle
en paraissait peu surprise, et son maintien
résigné le frappa; il la regarda de nouveau
pour savoir ce qu'elle pensait de ce changement. Elle l'expliquait ainsi :—On vient
de lui dire que je n'ai pas de dot.—Et avec
cette justice, des gens qui calculent, elle
trouvait tout simple que M. de Lorville
éprouvât pour elle, en ce moment, le même
dédain qu'elle avait senti pour lui avant de
le connaître.

Tant de sécheresse dans une personne si
jeune, et d'une beauté si langoureuse, inspi-

rait à M. de Lorville une sorte d'horreur, et
maintenant qu'il avait son secret, cette jeune
personne lui paraissait aussi laide qu'elle
était réellement belle; tant il est vrai que
tout le charme d'une femme dépend des sentimens qu'elle éprouve ou qu'on lui suppose.
La physionomie est un langage, pour en être
ému, il faut avoir foi dans ce qu'elle ex-
prime.

V.

Edgar de mauvaise humeur et découragé eut une seconde fois recours à sa malice pour se distraire. Il se plaisait à embarrasser ceux à qui il parlait, en leur dévoilant leur véritable pensée, au moment même qu'ils exprimaient le contraire. D'autrefois il s'amusait à répondre à des gens qui ne parlaient pas, et qui restaient confondus de

4

se voir ainsi devinés. Il y avait près de
la cheminée d'un des nombreux salons, un
gros monsieur qui ne disait rien à personne
et qui regardait l'heure attentivement.
Edgar sachant sa pensée lui dit : — On va
souper tout à l'heure, et le monsieur de
reculer d'étonnement, puis de se rassurer
et de dire : — Voilà un jeune homme aussi
gourmand que moi. — Plus tard il faillit se
faire une querelle avec un de ces graves politiques qui mentent hardiment par nature,
et par prudence; et qui croyent ne faire
que dissimuler par devoir. Leur conversation
était vraiment risible à entendre. M. de Lorville qui ne s'attachait qu'à la pensée cachée,
semblait pour chacun un esprit de travers
qui comprend tout à rebours, et pour
son interlocuteur, un homme taquin et
d'une conversation insupportable.

— Le ministère durera plus qu'on ne

l'imgaine, disait le politique; j'ai de fortes
raisons pour le supposer.

—Vraiment? reprenait Edgar, en souriant, vous croyez qu'il sera changé demain !

—Je n'ai pas dit cela, monsieur, s'écriait
l'autre impatienté; au surplus, ajoutait-il,
je ne me soucie guère d'entrer dans cette
boutique, et puisqu'on ne pense pas à moi...

—Ah! l'on vous fait des propositions!

—Vous ne m'entendez pas, monsieur.

—Si vraiment, on vous offre un porte-
feuille que vous acceptez à telle condition,
rien de si simple.

L'homme d'état rougissant d'être deviné,
feignit de croire qu'Edgar plaisantait, et
changeant brusquement la conversation :

— Je viens de chez le ministre des affai-

res étrangères, dit-il; on n'a point de nouvelles d'Italie.

— Ah! ah! reprit Edgar, en lorgnant le
diplomate : un courrier est arrivé ce soir.

— Monsieur, j'ai eu l'honneur de vous
dire qu'il n'était pas arrivé de nouvelles.

— Oui, j'entends bien; et vous savez même
que les Autrichiens sont à Bologne.

— Moi, monsieur, je ne sais rien du tout;»
et le diplomate restait confondu. Cette nouvelle était encore secrète, et il avait promis
au ministre de la cacher. Impatienté d'un
dialogue si singulier, il s'éloigna en se disant
qu'il n'y avait rien de tel que l'ignorance et
la sottise pour déconcerter un homme d'esprit; car, n'ayant pas le secret de M. de Lorville, il appelait hasard et incohérence d'i-
dées la justesse de sa pénétration. — Ces

jeunes gens du faubourg Saint-Germain,
pensait-il, sont d'une suffisance!...

— Ceux du faubourg Saint-Jacques ne
vous plaisent guère davantage, dit Edgar,
sachant que le seul mot d'étudiant faisait
trembler le politique. Celui-ci se retourna
vivement, épouvanté de cette voix qui répondait à sa pensée; il rêva long-temps à
cette circonstance extraordinaire, et ne pouvant la comprendre, il l'expliqua par un
phénomène plus surprenant peut-être, et
crut avoir pensé tout haut pour la première
fois de sa vie.

Edgar, en rentrant dans la salle de bal,
aperçut son ami Narvaux, causant mystérieusement dans un angle de porte, avec
quelque chose qui ressemblait de loin à un
ambassadeur turc ou à une vieille anglaise.

En effet, c'était une de ces vieilles anglaises inimitables qui, après avoir eu quatorze ou quinze enfans dans leur pays, viennent à Paris pour apprendre le français. Elle portait sur la tête un de ces turbans à trois étages, que l'Angleterre seule produit; des plumes, des fleurs, des diamans, de l'acier, des glands de jais, des rubans, des blondes, des chefs d'or, ornaient cette imposante coupole, sous laquelle minaudait une figure longue et décharnée qui en faisait encore ressortir l'énormité. Edgar n'avait jamais vu, dans ses voyages ni dans ses cauchemars, un être plus fantastique, une femme plus fastueusement laide. M. Narvaux qui, l'année précédente, avait découvert aux eaux de Plombières cette espèce de momie prétentieuse, parut embarrassé d'être surpris causant si coquettement avec elle, par le plus moqueur de ses amis. Il détourna la tête, feignant de n'avoir pas aperçu M. de Lorville, mais celui-ci fut implacable. Résolu de punir M. Narvaux de son mensonge, il s'approcha de lui d'un air discret, et désignant la vieille Anglaise, il dit tout bas d'un ton railleur : — C'est elle! n'est-ce pas? Ah! que tu as raison, mon cher; je suis bien comme toi : *J'irais au bal chez mon plus grand ennemi pour la voir danser.*

Les hommes fins, et qui se rappellent leurs mensonges, en ont toujours un de réserve en cas de surprise ou de malheur. Ils s'attendent à être déconcertés, et ils ne lancent jamais une chose fausse sans prévoir tous les dangers qu'elle va courir.

M. Narvaux, au seul aspect de M. de Lorville, avait prévu cette malice; et loin de s'en formaliser, il sourit avec complaisance;

puis, levant les yeux au ciel et prenant un accent douloureux :

— Ah! ne plaisante pas, dit-il; je suis d'une inquiétude affreuse : elle n'est point venue ce soir, et je ne puis savoir pourquoi.

— Je le sais bien, moi, pensa Edgar, étourdi de cette fausseté imperturbable; et il s'éloigna, pénétré d'une espèce d'admiraration pour tant d'audace et de présence d'esprit.

Il sentait que, sans le pouvoir magique de son lorgnon, il aurait été complétement dupe de M. Narvaux, tant il mettait de candeur et de naïveté dans ses mensonges.

Attristé par toutes les déceptions de la soirée, Edgar allait se retirer du bal, lors-

qu'un jeune homme attira son attention par
un air de préoccupation et d'angoisse dont
il eut la curiosité de pénétrer la cause.

Ce jeune homme était un de ces Pylades
d'élégans, constantes victimes d'un brillant
Oreste, dont ils subissent également les des-
tins et les caprices. Leur vie est une éternelle abnégation d'eux-mêmes; ils ne sont
rien par eux, n'ont rien à eux, ne font rien
pour eux; ils attendent pour agir qu'Oreste
ait décidé; ils n'ont faim qu'à ses heures, ne
voyagent que pour le suivre, et ne se per-
mettent d'aimer que là où il va le plus souvent. On va même jusqu'à retrancher leur
nom; on ne les appelle plus que l'ami d'un
tel, et leur paresse s'arrange à merveille de
cette vie de reflet, qui ne les rend respon-
sables d'aucune de leurs actions. Pylade
loge avec Oreste, et quoiqu'ils paient tous

deux la même somme de leur commun
loyer, et qu'en conséquence ils soient égaux
aux yeux de l'impartial propriétaire, l'un
dit fièrement *chez moi*, l'autre prononce
timidement *chez nous.*

L'élégante planète dont le jeune homme
qu'observait M. de Lorville était le satellite,
avait quitté le bal depuis plus de deux heures. Un dépit éclatant, sur l'effet duquel il
comptait pour assurer le succès d'une intrigue amoureuse commencée au bal, avait
motivé cette prompte disparition ; et, dans
sa fureur calculée, le noble Dandy avait oublié d'avertir de sa fuite son compagnon de
plaisir, son associé de voiture qu'il devait
ramener.

L'ombre errante se traînait çà et là, cherchant un objet auquel elle pût se rattacher.
Edgar, devinant ce trouble, s'approcha de

l'infortuné jeune homme; et sachant que prononcer le nom de son ami était un droit de lui parler : — M. de Guercey est parti ce soir de bien bonne heure, dit-il, feignant d'être lié avec celui-ci; est-ce qu'il était souffrant?

— Je le croirais, répondit le Pylade, car il m'a oublié; nous devions nous en aller ensemble : il pleut à verse, et.....

— Je suis à vos ordres, reprit Edgar avec empressement; trop heureux d'obliger un ami de M. de Guercey.

Tous les deux sortirent du bal; on appela les gens de M. de Lorville, et ils montèrent en voiture. Pendant la route, Edgar souriait en songeant à l'étonnement qu'éprouverait son voisin, en apprenant que M. de Guercey et lui ne se connaissaient pas. Il s'amusa des conjectures qu'ils allaient faire. Puis, de retour chez lui, il se dit tristement : voilà donc le seul avantage que l'art de deviner m'ait procuré dans cette brillante fête; le le plaisir d'obliger un inconnu.

VI.

Le lendemain, comme Edgar se mettait à table pour déjeuner avec deux de ses cousins, on lui annonça M. de Fontvenel : il était pâle, sa figure était altérée, et l'on devinait facilement qu'une idée triste le dominait. Ayant un service important à demander à M. de Lorville, il était venu le voir de bonne heure, espérant le trouver seul.

— Qu'il soit le bienvenu! s'écria Edgar
en apercevant son ami. Viens, noble sou-
tien de la magistrature, maître des requêtes,
prétendant au conseil d'état, pour tes services extraordinaires, nous te votons deux
côtelettes et une tasse de thé; viens donc
siéger parmi nous et partager nos travaux.

— J'ai déjeuné; merci, répondit M. de
Fontvenel, un peu déconcerté par cette
mauvaise plaisanterie; mais ne vous déran-
gez pas, ajouta-t-il en regardant les autres
convives. Cette politesse était fort inutile,
car les cousins n'avaient nulle envie de se
déranger : M. de Fontvenel ne leur plaisait
pas. Les petits parens d'un jeune homme
riche n'aiment jamais son ami. N'ignorant
pas leur malveillance, M. de Fontvenel n'é-
tait point à son aise auprès d'eux, et Edgar
pas du tout à son avantage.

— Eh! bien, grave penseur, lui dit-il avec ce ton d'ironie qui éloigne, tu ne nous dis rien : quel travail important nous a donc privé de ta présence au bal d'hier?

— Une affaire imprévue m'a retenu chez moi.

— Je vous plains en vérité, dit un des cousins; le bal était admirable, et je m'y suis fort amusé.

Tous trois se mirent alors à parler de la fête, sans songer que M. de Fontvenel n'y était pas allé, et ne pouvait se mêler à la conversation.

Mais il était trop préoccupé, trop inquiet pour être sensible à cette impolitesse de famille.

M. de Fontvenel se trouvait dans une situation d'affaire alarmante qui pouvait compromettre son honneur et sa réputation. La faillite d'un banquier venait de lui enlever une somme considérable sur laquelle il comptait pour acquitter une dette importante. Il fallait payer cinquante mille francs le jour même, il ne les avait pas; et connaissant la générosité de M. de Lorville; il venait lui emprunter cette somme, persuadé que, si elle était à sa disposition, il n'hésiterait pas à l'obliger.

Quel fut son découragement, lorsqu'au lieu de trouver son ami seul, comme il l'était ordinairement de si bon matin, il le surprit avec deux personnes dont il connaissait la malveillance et la cupidité.

A peine fut-il entré, il vit que l'atmosphère ne lui était pas favorable, et il renonça au projet de sa demande. Être refusé par un indifférent, lui paraissait une chose toute

naturelle; mais se voir repousser par un ami !
Cette pensée lui déchirait le cœur. Une
grande tristesse s'empara de lui. Hélas! n'est-
ce pas déjà nous repousser, que nous ôter
l'idée de la prière ! N'y a t-il pas de l'inspiration dans cette timidité ? Et l'homme à
qui l'on n'a jamais osé demander un service,
l'aurait-il rendu? Peut-être!.... car tout
dépend du moment; en France surtout où
l'esprit et le cœur sont si mobiles.

Après le déjeuner, les deux cousins, loin
de songer à se retirer, allèrent s'établir sur
deux bons canapés dans la chambre à coucher de M. de Lorville, en prenant chacun
un journal. Edgar de son côté alla s'asseoir
devant son secrétaire, rangea plusieurs objets, et finit par se mettre à écrire, sans
s'inquiéter de ce qu'on faisait autour de lui.
M. de Fontvenel était si mécontent de cette

visite, qu'il n'osait la terminer; il attendait qu'on se fût assez occupé de lui pour s'éloigner sans paraître trop susceptible, et sans affecter de l'humeur. Il prit la *Revue de Paris,* qui était sur la table, et feignit de la parcourir pour se donner une contenance. De temps en temps, Edgar souriait en le regardant, le lorgnait, puis se mettait à écrire sans lui adresser la parole. Enfin, ennuyé de ce malaise, et rêvant au moyen de trouver ailleurs un secours qu'il n'espérait plus de son ami, M. de Fontvenel se dirigea vers la porte, et se disposait à sortir lorsqu'Edgar lui cria :

— Attends donc, étourdi; tu oublies de prendre ce que tu es venu chercher.

— Que veux-tu dire? reprit M. de Fontvenel.

— Comment! tu oseras me soutenir que tu n'avais pas une idée en venant ici?

— Je ne dis pas cela, mais je suis sûr de n'en avoir parlé à personne; et.....

—Qu'importe! interrompt Edgar; à quoi sert la parole en amitié. As-tu lu le Monomotapa de La Fontaine?

— Oui, mais...

— Ne sais-tu pas :

Qu'un ami véritable est une douce chose!
Il cherche vos besoins au fond de votre cœur,
    Il vous épargne la pudeur
    De les lui découvrir vous même...

— Je sais par cœur cette fable, reprend M. de Fontvenel; mais qui peut.....

— Une fable, blasphémateur! s'écrie Edgar en riant; tiens, prends cette lettre, et ne traite plus de fable ce qu'il y a de plus vrai au monde.

Alors, lui remettant la lettre qu'il venait d'écrire, et qui était un bon de cinquante mille francs sur son agent de change. — Incrédule! ajouta-t-il; que cela t'apprenne à ne plus douter de tes amis.

M. de Fontvenel lut le billet à trois reprises, et son étonnement fut tel, qu'il l'emporta sur tout autre sentiment. La joie de trouver la somme qui le délivrait d'une si grande inquiétude, son honneur sauvé, l'émotion de la reconnaissance, tout fit place à l'impatience d'apprendre comment Edgar avait pénétré son secret. Il regardait autour de lui, cherchant dans sa pensée à deviner qui avait pu le trahir; mais personne ne connaissait encore l'affaire qui l'avait mis dans ce subit embarras; per-

sonne n'avait pu en parler à M. de Lorville.
Comment le savait-il ? Ce mystère le tour-
mentait comme un supplice, et il résolut
de l'expliquer. Cependant il était touché de
tant de générosité, et plus encore de tant
de délicatesse. Des larmes d'attendrissement
roulaient dans ses yeux ; il aurait voulu à
son tour deviner ce que son ami désirait
pour le lui acquérir au prix de sa vie. Edgar jouissait de son étonnement et de sa
joie ; mais pour empêcher ses deux cousins
de l'observer, il fit signe à M. de Fontvenel
de ne rien dire devant eux, et le reconduisant jusque sur l'escalier :

— A ce soir, dit M. de Lorville, j'irai
un moment chez ta mère, et j'espère que,
malgré trois ans d'absence, la belle Stéphanie me reconnaîtra. A ce soir.

—A toujours, reprit M. de Fontvenel avec

émotion; que j'ai besoin de te revoir; ah!
ma vie ne sera pas assez longue pour te té-
moigner tout ce que j'éprouve en ce moment. A ces mots ils s'embrassèrent avec
une tendresse de frères, et M. de Fontvenel
s'éloigna pénétré de reconnaissance, le plus
heureux des hommes, mais aussi le plus
tourmenté.

VII.

Il était dix heures du soir lorsque M. de
Lorville se rendit chez madame de Fontvenel. Il s'aperçut bientôt que son ami avait
trahi son obligeance. Madame de Fontvenel, dominée par un attendrissement qu'elle
ne pouvait cacher, vint à lui les larmes aux
yeux, et bien qu'elle ne lui parlât pas du
service qu'il venait de rendre à son fils, tout

en elle prouvait à quel point elle y était
sensible. Stéphanie, quoiqu'avec plus de
retenue, témoigna aussi les mêmes sentimens. Son frère semblait fier et joyeux, et
M. de Lorville ressentait tout le plaisir d'une
bonne action, celui d'en voir profondément
heureuses des ames qui en sont dignes. Ah!
que de doux momens il pouvait passer
dans cette famille si bienveillante pour lui,
auprès de cette ancienne amie de sa mère,
qui l'avait élevé comme un fils; il s'étonnait
de l'avoir ainsi négligée depuis son retour.
Mais à Paris les gens qu'on aime le plus sont
ceux que l'on voit le moins; s'ils ne sont pas
autant que nous lancés dans ce tourbillon
de plaisirs mondains qui nous entraînent,
on les perd de vue, et ils nous deviennent
bientôt tout-à-fait étrangers, à moins qu'il
ne leur arrive, de temps en temps, quelque
grand malheur qui nous ramène à eux.

C'est une chose singulière, mais incontestable, que dans le grand monde, pour se voir tous les jours quand on se convient, il faut avoir, non pas les mêmes amis, mais les mêmes indifférens. L'important est de ne pas se gêner; en amitié comme en tout, on ne fait que ce qui est commode; aussi l'occasion l'emporte-t-elle sur tous les projets, et souvent l'homme qui néglige son meilleur ami parce qu'il demeure loin de lui, passe sa vie chez un voisin qu'il déteste.

Edgar fut frappé de la beauté de mademoiselle de Fontvenel. Quelle différence entre cette petite fille espiègle qu'il avait quittée il y a trois ans, et cette grande et belle femme qu'il retrouvait parée de toutes les séductions que donne à une nature élevée, une éducation distinguée. Il ne se rappelait plus, en voyant Stéphanie si belle et si imposante, que peu d'années auparavant il la tutoyait comme une sœur, et ce fut avec une émotion presque timide, qu'il baisa la jolie main qu'elle lui tendait affectueusement. Bientôt, en la voyant rire comme autrefois, il se rassura. Ses regards attendris se portèrent alternativement sur madame de Fontvenel, sur Stéphanie, sur son frère, et il sentit que malgré lui, depuis qu'il était revenu dans cette maison, toutes ses pensées avaient un avenir.

Plusieurs visites étant survenues, M. de Lorville céda la place qu'il occupait auprès de la maîtresse de la maison, et alla rejoindre Stéphanie à l'autre bout du salon. Elle était assise devant une table couverte d'album, de journaux, de caricatures; une autre jeune personne brodait auprès d'elle; un artiste célèbre s'amusait à dessiner des figures grotesques qu'un jeune officier imitait scrupuleusement; l'un copiait une romance, un autre cherchait à transcrire mystérieusement une chanson poétique et toujours séditieuse de Béranger. Chacun enfin paraissait occupé, ce qui n'empêchait pas la conversation d'être animée.

Lorsque mademoiselle de Fontvenel vit Edgar s'approcher :

—Voici monsieur de Lorville, dit-elle, prenons garde à nous, malheur à qui cache un secret; il va bien vite deviner ce que chacun de nous désire, c'est l'homme du monde le plus pénétrant.

—Rassurez-vous, reprit Edgar, ce soir je ne veux rien deviner.

—Comment! vous êtes bien dédaigneux,

vous n'avez donc nulle envie de connaître
notre pensée?

—Pas encore, elle ne peut m'être favorable : j'arrive. Les *oubliés* ont toujours
tort, n'est-ce pas, Stéphanie? Ah! pardon,
mademoiselle, mais je ne puis m'accoutu-
mer à être traité ici en étranger, à y passer
pour un nouveau présenté. Il faut absolument que je me trouve un droit à votre
préférence. Ne sommes-nous pas un peu
cousins.

—Pas du tout, reprit en riant Stéphanie, et je ne peux pas là-dessus me faire la
moindre illusion.

—N'importe, je vous appellerai ma cousine; cela ôtera cet air de cérémonie dont
un ami d'enfance ne peut s'arranger. Ainsi
c'est convenu, vous m'appellerez votre cousin. Il n'y a pas bien long-temps, ajouta-t-il

avec malice, que vous me donniez un nom
plus doux, mais malheureusement je me
suis déjà aperçu que ces beaux jours sont
loin de nous.

A ces mots, mademoiselle de Fontvenel
rougit, et celui qu'elle nommait dans son
enfance son *petit mari* s'amusa beaucoup
de cet embarras. La moindre émotion, dans
une personne qui paraît froide, a un charme
auquel on résiste rarement ; elle nous prend
par l'amour-propre. C'est un triomphe obtenu, un destin accompli, car nous nous
figurons que cet être jusqu'alors insensible
nous attendait pour s'animer. Edgar aurait
bien voulu prendre son lorgnon et deviner
la pensée de Stéphanie ; mais l'alarme était
donnée, et il n'osait attirer l'attention sur
ce talisman, dans la crainte qu'on en dé-
couvrît la merveille. D'ailleurs il était sans

défiance, il savait que la sœur de son ami, la fille de madame de Fontvenel, ne pouvait éprouver que de nobles sentimens. Il aurait fallu un bien grand changement pour altérer ce cœur qu'il avait connu dans son enfance si bon, si généreux.

S'abandonnant tout au plaisir d'une affection naissante, fondée sur de doux souvenirs, Edgar ne quitta plus Stéphanie pendant toute la soirée. Elle-même semblait trouver le plus grand charme à se rappeler avec lui les jeux de son enfance; et mademoiselle de Fontvenel, ordinairement si calme et si également gracieuse pour tout le monde, parut ce soir-là ce qu'on ne l'avait jamais vue, pleine de gaîté et de coquetterie. Il est vrai que M. de Lorville était un de ces hommes avec lesquels les femmes sont toujours coquettes, sans projet, sans

amour, et quelquefois même malgré elles.
Le désir de plaire est contagieux dans un
homme aimable, soit qu'on le croie dédaigneux ou difficile, soit qu'on le regarde
comme une autorité. La femme la plus hon-
nête ne résiste pas à la tentation de lui paraître séduisante, et, sans songer à lui donner une espérance, elle n'est pas fâchée de
lui laisser un regret.

En vain plusieurs femmes vinrent-elles
interrompre la conversation d'Edgar et de
Stéphanie, il trouvait toujours un moyen
de se rapprocher d'elle. En vain les discus-
sions orageuses de la politique attiraient-
elles son attention dans le salon voisin, il
ne s'y mêlait point. Depuis long-temps, d'ailleurs, la politique lui était devenue indifférente. Il s'intéressait vivement aux affaires
de son pays, mais à condition de ne pas

écouter ce qu'on en disait; et comment,
en effet, se résoudre à parler politique, lorsqu'on a le secret de toutes les opinions,
lorsqu'on a découvert que l'intérêt personnel seul les inspire et les soutient, que chacun choisit dans ses principes de morale
où de gouvernement, celui qui doit le plus
lui rapporter; qu'il y a dans toutes les opinions violentes un fond de souvenirs ou de
projets, une arrière-pensée de place perdue, obtenue ou à obtenir? Lorsqu'on
sait enfin que chacun juge l'intérêt général de sa position particulière, toute discus-
sion devient inutile. Ce n'est pas que les
opinions manquent de bonne foi, oh! chacun est de bonne foi dans son intérêt, mais
elles manquent de stabilité; et tout en contrariant la plus exagérée, on prévoit les
chances qu'elle a de se modifier, le danger
qu'elle court de changer. Aussi M. de Lor-

ville, qui connaissait toutes les ambitions,
disait en plaisantant qu'avant de combattre
un principe politique, il attendait que le
succès où le désespoir l'eût fixé définiti-
vement.

M. de Lorville n'était allé qu'une seule
fois à la chambre des députés; certes, son
talisman eut ce jour-là une belle occasion
d'exercer son pouvoir. Si Edgar eût été Allemand ou Anglais, il se serait fort diverti
de cette fourmillière de vanités déclamantes
et de ces nobles désintéressemens de comédie dont il savait l'histoire et les condi-
tions; mais il aimait trop son pays pour rire
des ridicules qui le perdent, et il conserva
de cette séance un souvenir triste et dé-
courageant. Il se refusa ainsi le plus grand
amusement que son lorgnon lui eût offert.
Il aurait pu se dédommager de cette pri-

vation en allant observer dans les brillans salons du Palais-Royal, où les plaisirs cachent tant de tristesse, les nouvelles vanités, les nouvelles prétentions des nouveaux courtisans de la nouvelle cour; malheureusement pour sa gaîté, l'ancienne position de son père lui imposait des devoirs auxquels il restait fidèle. Les derniers troubles de cette année lui auraient aussi fourni des observations non moins piquantes; il aurait pu s'amuser beaucoup en lorgnant *l'émeute* à son passage; mais le même sentiment qui lui faisait fuir les séances de la chambre des députés, lui faisait détourner les yeux d'un spectacle si affligeant pour un véritable ami de son pays.

Cependant chacun s'étonnait de sa tolérance et de sa merveilleuse sympathie avec toutes les différentes exagérations. A ses yeux, quand il avait son lorgnon, les deux partis qui divisent en ce moment la France étaient ainsi désignés : *Les regrettans* et *les prétendans;* et pour causer à l'unisson avec son interlocuteur, il lui suffisait de savoir auquel des deux partis il appartenait. Alors, selon son observation, il approuvait ou blâmait au hasard, sûr de tomber toujours juste, sans prendre la peine d'écouter. M. de Lorville pardonnait à chacun de choisir, pour s'y dévouer, l'ordre de chose qui lui offrait le plus d'avantages. Il comprenait à merveille l'amour des bons bourgeois pour Louis-Philippe, les regrets des dévots pour Charles X, et les rêves de la jeunesse pour Bonaparte. Il trouvait tout simple d'entendre les filles de ducs et pairs regretter l'ancienne cour, et les femmes de banquiers vanter avec enthousiasme la nouvelle; chacun de nous, disait-il, préfère le gouvernement qui lui

sied; et comme il sentait que lui-même
n'était pas exempt d'intérêt personnel dans
ces questions universelles, et que chacun
juge l'ensemble de son point de vue, il
changeait de place en idée, et se trouvait
ainsi de l'avis de tout le monde, sans fausseté et sans efforts.

VIII.

Une visite pompeuse vint interrompre
la douce causerie de Stéphanie. Madame
de Clairange n'était pas femme à passer
inaperçue dans un salon; et mademoiselle
de Fontvenel, quoiqu'un peu contrariée,
fut obligée de se lever pour aller s'informer
des nouvelles de sa santé. Edgar resta seul;
un sentiment plein de charme venait de

s'emparer de lui; étonné qu'un amour si prompt eût déjà pris sur lui tant d'empire, il cherchait à se l'expliquer par ses souvenirs. Il y a si long-temps, se disait-il, que je la connais, que je l'aime; toutes les impressions douces de mon enfance se rattachent à elle. Que de fois elle m'a consolé quand j'étais triste; qu'elle était bonne! et maintenant qu'elle est ravissante! Il la contemplait avec attendrissement, presque avec religion. Il admirait ce front pur dont un bandeau de cheveux noirs relevait la blancheur, ce regard plein de noblesse et de loyauté, cette taille si bien proportionnée dont une mise simple et de bon goût faisait valoir toute l'élégance. Ravi de trouver tant d'esprit et de douceur dans une personne d'une beauté remarquable, et fier d'en être favorablement accueilli, Edgar rêvait au bonheur de passer sa vie auprès de Sté-

phanie, et se flattant d'en être aimé un jour,
il se réjouissait d'avance de déconcerter, par
ce mariage si brillant pour elle, l'humble
délicatesse des projets de son ami.

Mais il voulait savoir, jusqu'à quel point
elle pouvait partager sa pensée, et lire ce
qui se passait dans son cœur. L'arrivée de
madame de Clairange occupait tout le
monde. M. de Lorville, voyant que personne ne l'observait, choisit ce moment
pour satisfaire sa curiosité, et se confirmer
dans son espoir. Il était sûr depuis long-
temps de l'affection de Stéphanie, et il savait aussi que nul calcul d'intérêt ou d'ambition ne pouvait entrer dans une ame si
pure, ni venir le désenchanter. Enfin, plein
de confiance et saisi d'une joyeuse émotion,
il la regarde.... O surprise, ô découverte
plus cruelle que tous les désenchantemens!

Stéphanie ne pense pas à lui!.... Stéphanie
aime!... le cœur de Stéphanie n'est plus libre...
Son accent affectueux n'est que de l'amitié,
sa coquetterie n'est qu'une petite vengeance
contre celui qu'elle aime, vulgaire punition
d'un léger tort. M. Lorville observe autour de
lui, il cherche son rival; le jeune officier qu'il
n'a pas jusqu'alors remarqué, se trahit par
son air de dépit et son silence. Pauvre Edgar!
C'en est fait, son bel avenir s'évapore. Il
éprouve tous les tourmens de la jalousie,
tout le découragement d'un dernier adieu....
hélas! encore un amour éteint en naissant,
encore un beau rêve détruit!

Edgar désolé, le cœur dévoré de regrets,
résolut de s'éloigner; mais avant il se promet
de punir Stéphanie de l'espoir trompeur
qu'elle a fait naître; il veut se consoler au
moins du chagrin d'avoir deviné son secret,

en lui prouvant qu'il le possède et qu'elle
se trouve dans sa dépendance. Elle revint auprès de lui, plus gracieuse et plus
coquette qu'elle n'avait été jusqu'alors.

—Je vous préviens, dit-elle en riant,
qu'il se trame un grand complot contre
vous, on va vous présenter à madame de
Clairange, ainsi préparez-vous à être aimable.

—Est-ce que c'est un destin que d'être
présenté à madame de Clairange? reprit
Edgar, avec ironie.

—Non, mais une présentation est une
solennité à laquelle on ne saurait trop se
préparer. Que dire à quelqu'un que l'on ne
connaît pas?

—Eh! mais ce que l'on dit aux autres,

cela est si indifférent. Edgar prononça ces derniers mots avec un dépit visible.

—Comme vous êtes devenu sombre, reprit Stéphanie, qu'avez-vous donc? Qui a pu vous attrister si subitement?

—La vue d'un supplice inutile, je déteste à voir souffrir. Oui vraiment, et je suis capable d'aller dire à ce pauvre jaloux, ajouta-t-il en désignant le jeune officier qui est en face d'elle, que vous n'aimez que lui, et que je ne mérite pas sa colère.

L'embarras de mademoiselle de Fontvenel fut extrême, elle rougit, baissa les yeux, et après un moment de silence :

—Mon frère a raison, dit-elle, vous êtes un observateur bien redoutable!

—Oui, si j'étais méchant, reprit Edgar, mais rassurez-vous, je n'ai pas de vanité, et, si modeste que soit la place que l'on m'accorde, je sais m'y résigner ; mais ajouta-t-il, je veux qu'on me la laisse toujours.....

Le ton affectueux, dont il prononça ces paroles, émut visiblement Stéphanie ; et M. de Lorville devinant qu'elle allait éprouver quelques regrets, et que le jeune officier venait de perdre de ses avantages, s'éloigna, consolé par sa supériorité, comme un grand général se console d'une défaite, en calculant les pertes de l'ennemi.

Edgar fut bientôt présenté à madame de Clairange, ainsi qu'on l'en avait menacé. Il vit une femme, jeune encore, mise avec recherche, et dont la figure aurait paru complétement insignifiante, sans une grimace bienveillante et continuelle qui lui composait une espèce de physionomie. Madame de Clairange n'avait ni ame , ni esprit,

ni qualités, ni défauts; et n'étant entraînée
ou retenue par aucun sentiment primitif,
bon ou mauvais, elle avait pu se choisir
tous ceux qui embellissent; et cela avec un
goût exquis, c'est une justice à lui rendre.
Les émotions les plus naturelles n'étaient
pour elle que des parures; elle préférait la
bonté à la malice, comme on préfère le
bleu au rose, selon qu'il sied mieux. Rien
ne lui coûtait pour acquérir une vertu séduisante. Chez elle, la pudeur était une
étude, la sensibilité un ornement, et la
douceur un système. A force de la modérer,
elle rendait sa voix si faible qu'on ne l'entendait pas. Cette préoccupation de toilette *morale* se trahissait dans ses discours;
toutes ses phrases commençaient par : «Rien
ne sied mieux, rien n'embellit autant. »
On croyait qu'elle allait parler d'un berret
ou d'une étoffe à la mode, point du tout,

c'était de la piété ou de la bienfaisance.
Décidée à la générosité, dans son zèle charitable, elle faisait en effet beaucoup de
bien, mais tout cela, sans charme, sans se
faire aimer. Sa bonté était, pour ainsi dire,
sans vie, ses consolations n'arrivaient pas
jusqu'à vous; tout ce qu'elle disait pour
calmer votre douleur, prouvait qu'elle ne
la comprenait point, et ceux-là mêmes
qu'elle accablait de ses bienfaits, tout en la
remerciant avec reconnaissance, la trai-
taient comme une étrangère. C'est que pour
être *parent* des malheureux, il faut avoir
beaucoup souffert ou bien beaucoup rêvé.

Il n'était pas une seule personne dans la société de madame de Clairange à qui elle n'eût
rendu service. Aussi dès qu'elle arrivait, on
s'empressait autour d'elle; car chacun voulait la dédommager par une préférence ap-

parente, des sentimens qu'elle n'inspirait
pas ; sans se rendre compte du peu de sympathie qu'on ressentait pour elle, on se
reprochait de rester indifférent pour une
personne si obligeante, et l'on se soulageait
de ce remords, en faisant d'elle, des éloges
démesurés. Aussi elle avait une réputation
de dévouement, de bonté angélique que sa
nature ne méritait pas, mais que ses actions
justifiaient.

Les ames médiocres et les petits esprits
se passionnaient pour elle, et citaient volon-
tiers sa conduite pour humilier les autres
femmes. Les gens distingués, les ames d'é-
lite, au contraire, se fatiguaient de tant de
vertus étudiées, et de même que les continuelles bergères, et les perpétuels moutons
de M. de Florian font désirer un loup fé-
roce, les constantes perfections de madame

de Clairange faisait aspirér après un bon
défaut.

M. de Clairange avait eu, d'un premier
mariage, une fille que madame de Clairange
traitait comme la sienne; et même pour
échapper aux torts qu'on reproche ordinairement aux belles-mères, elle affectait de
préférer Valentine, fille de son mari, à ses
propres enfans. Les émotions de nature re-
viennent rarement dans un caractère faussé
par des sentimens de convention; et d'ailleurs l'héroïsme est facile aux personnes
indifférentes.

Une des considérations qui avait engagé
madame de Clairange à adopter ce système
de bonté imperturbable, était la difficulté
qu'elle trouvait de succéder avec avantage
à la première femme de M. de Clairange, une
des célébrités les plus remarquables du

siècle, et dont la brillante réputation d'esprit, était un fardeau pénible pour une femme qui portait le même nom.

Madame de Clairange se rendait justice; et sachant que son esprit n'était pas de force à lutter contre le souvenir, qu'on gardait encore de celui de sa rivale, elle cherchait à combattre cette mémoire gênante par des contrastes, et en s'étudiant à des qualités opposées. Elle se faisait modeste et toute bonne, parce que la mère de Valentine était brillante, et que la vivacité de son esprit l'avait fait passer long-temps pour méchante.

Valentine élevée jusqu'à l'âge de quinze ans par sa mère, savait à quel point cette réputation était peu méritée, et s'appliquait chaque jour à la détruire; elle voyait dans ce devoir de sa tendresse filiale, une mission pieuse qui lui était confiée.

Sa mère, comme toutes les femmes supé-
rieures, avait des ennemis et de plus des
amis qui redoutaient son regard d'aigle.
Ils savaient ne pouvoir lui cacher leur
faiblesse , leur ingratitude , et se ven-
geaient en médisant d'elle, de l'empire
qu'elle exerçait sur eux, et auquel par en-
traînement et par affection, ils ne pouvaient
se soustraire. Le principal trait de son caractère était une loyauté d'impression qui
lui faisait souvent tort. Elle n'avait pas cette
indulgence hypocrite des personnes à qui
tout est indifférent. La fausseté, le calcul, la
bassesse lui inspiraient une noble indignation qu'elle ne pouvait dissimuler. Son esprit passionné se révoltait, et dans son juste
mépris, les mots les plus spirituels, les plaisanteries les plus piquantes échappaient à
son éloquence. Les sots ne manquaient pas
autour d'elle, pour ramasser les miettes qui

7

tombaient de sa table, et bientôt ses bons
mots étaient colportés de salon en salon,
altérés, dénaturés par la malice, et surtout
dépouillés du sentiment généreux qui les
avait inspirés; car, lorsqu'elle employait ses
armes, c'était toujours pour défendre un
ami, pour laver une personne innocente
d'un soupçon qu'une autre méritait; jamais
un sentiment personnel n'éveillait sa mali-
gnité; mais par malheur ses plaisanteries
étaient bonnes, elles faisaient image; elles
étaient empreintes, pour ainsi dire, de cette
poésie de la gaîté qui la colore et la rend
vivante; elles restaient; ceux qu'elles frappaient ne s'en relevaient point, et de là venait que madame de Clairange passait pour
une femme méchante, qu'il fallait craindre. Eh! sans doute, il fallait la craindre et
la fuir même, lorsqu'on vivait d'une turpitude ou lorsqu'on étalait un vice.

Valentine gémissait de cette injustice du
monde envers sa mère, et plus encore de
la réputation d'angélique bonté, que ce
même monde, toujours dupe et toujours
amant de la médiocrité, accordait à la nouvelle madame de Clairange.

Que de fois Valentine compara cette
bonté factice et stérile, avec la noble et
sincère générosité de sa mère; avec ce dévouement sans borne, ce zèle éclairé d'une
amitié vivace qui n'est arrêtée dans ses
élans, ni par la certitude de se nuire, ni
par la crainte de déplaire! Valentine se rappelait avec quelle chaleur sa mère faisait
valoir l'esprit et les avantages de ses amis;
quel empressement elle mettait à les servir;
que de vieux parens vivaient de ses dons;
que de malheurs elle avait prévenus par son
habilité bienveillante; que de familles elle

avait réconciliées; que d'ennemis elle avait rapprochés; que de conseils bienfaisans elle avait donnés à son préjudice; que de femmes soupçonnées, réhabilitées par elle; que d'enfans repoussés lui devaient leur brillante existence; que de talens long-temps méconnus tenaient leur prompte réputation de ses éloges. Valentine se rappelait aussi, combien cette femme, d'une gaîté si vive, savait trouver de paroles consolantes pour la douleur; et elle se demandait si cette bonté active, et spirituellement dirigée, cette générosité de toute la vie, ne valaient pas la bienveillance étudiée de sa belle-mère, ses consolations inutiles et ennuyeuses, et les mauvais bouillons qu'elle envoyait à jour fixe à des indigens inconnus.

Madame de Clairange s'était fait un état dans le monde de sa tendresse pour sa belle-fille. Elle parlait d'elle sans cesse, l'accablait de soins, de prévenances qui finissaient toujours par ces mots : — N'est-ce pas, Valentine, pour une marâtre je ne suis pas bien sévère ?

Malgré tout l'éclat de cette tendresse, il était évident que Valentine ne la partageait point. Et comment pouvait-elle aimer une femme qui se faisait la satire vivante de sa mère ? Jamais elle n'avait pu lui pardonner de l'avoir osé remplacer. Chaque fois que l'on prononçait devant elle, le nom de madame de Clairange qui ne disait plus celui de sa mère, on voyait Valentine tressaillir, et souvent alors des larmes de regrets et de dépit s'échappaient de ses yeux.

Le monde lui reprochait généralement sa froideur pour sa belle-mère, et l'empressement qu'elle avait mis à se séparer d'elle,

en épousant, à l'âge de dix-sept ans, le marquis de Champléry, déjà vieux, n'ayant
qu'une fortune médiocre, et ne lui offrant
d'autre avenir qu'une vie monotone et reti-
rée au fond des montagnes de l'Auvergne.

Madame de Clairange employa tous les
moyens qui étaient en son pouvoir, pour empêcher ce mariage qui lui enlevait son plus
bel ornement, son attitude la plus avantageuse, cette preuve éclatante des vertus
qu'elle avait tant travaillé à s'acquérir, et qui,
par son importance même, la dispensait d'en
montrer de moins extraordinaires. Mais elle
n'avait aucun empire sur Valentine; ce mariage s'accomplit. Bientôt toutes ses espérances se réveillèrent, M. de Champléry
mourut. Elle partit aussitôt pour rejoindre
sa jeune veuve, et la conjurer de revenir
auprès d'elle. Valentine résista long-temps,

mais enfin, vaincue par ses instances, elle
promit de venir chaque hiver passer à Paris
trois mois auprès de madame de Clairange,
à condition qu'on la laisserait libre de rester en Auvergne tout le reste de l'année.

C'était l'époque fixée pour le retour de
madame de Champléry, et sa belle-mère
venait toute empressée faire part de son
bonheur à madame de Fontvenel, et surtout à Stéphanie, que cette nouvelle intéressait vivement.

— Quand j'ai de la joie, il faut que mes
amis la partagent, disait madame de Clairange; je les fatigue si souvent de mes in-
quiétudes que cela est bien juste; mais aujourd'hui, je veux que vous soyez toutes
deux aussi heureuses que moi.

—Quoi! dit Stéphanie, qui savait où

menait ce préambule, est-ce qu'elle arrive bientôt?

— Comme nous nous entendons! s'écria madame de Clairange, qu'elle est gentille! comme elle me devine! Tous ceux qui me connaissent savent qu'il n'y a que le retour de ma pauvre petite inconsolable qui puisse me réjouir ainsi.

— Qui est sa pauvre petite inconsolable? demanda tout bas Edgar à M. de Fontvenel.

— C'est sa belle-fille.

— Et de quoi est-elle inconsolable?

— De la mort de son mari.

— Quel jour attendez-vous Valentine? madame, reprit Stéphanie.

— Demain, oui, demain, jugez de ma joie! répondit madame de Clairange.

—Demain! ah! quel bonheur! Et tous les traits de Stéphanie s'animèrent de l'émotion la plus gracieuse.

—Regardez-la, s'écria madame de Clairange, voyez comme l'amitié lui sied bien, qu'elle est charmante! Ah! si ma petite rieuse était là, elle se moquerait bien de nous, de notre impatience, car elle n'entend rien au sentiment, elle!

—Qui appelle-t-elle sa petite rieuse? demande encore Edgar.

—C'est toujours sa belle-fille, répondit M. de Fontvenel en souriant, la petite inconsolable.

—Quoi! c'est la même? est-elle, en effet, si rieuse et si inconsolable?

— Mais, c'est une personne singulière,

que, malgré toute ta pénétration, tu ne comprendras pas.

— De qui parle-t-on? interrompit M. Narvaux, qui venait d'entrer.

— De madame de Champléry.

— Ah! qu'elle me déplaît! reprit-il tout haut, elle est si prude et si moqueuse.

— Prude! mais au contraire, répliqua M. de Fontvenel, elle dit souvent des mots fort plaisans, et...

— Je ne lui refuse pas de l'esprit, mais ce n'est pas un esprit qui me plaise; j'aime bien mieux sa belle-mère, qui est un ange de bonté, et je ne lui pardonne pas d'être ingrate pour elle.

Tandis qu'il parlait, Stéphanie, après avoir offert du thé à tout le monde, en alla porter une tasse à sa mère, préparée pour elle avec soin et selon son goût.

— Que cette attention est touchante !
s'écria madame de Clairange en la regardant, rien n'embellit autant une jeune personne que les soins qu'elle donne à sa mère;
c'est la plus sûre des coquetteries. Voilà ce
que je n'ai jamais pu persuader à Valentine.
Elle n'a pour moi nulle prévenance, et le
ciel sait combien je suis malheureuse de
sa froideur !

— Vous m'étonnez, dit madame de Fontvenel. Il y a un an, lorsque Stéphanie était
souffrante, j'ai été témoin des soins de
Valentine pour son amie, et je serais une
mère ingrate si je la laissais accuser de négligence.

Edgar écouta avec le plus grand intérêt toute cette conversation en apparence
fort insignifiante; et, lorsqu'il s'éloigna, il
s'étonna de tant rêver à cette Valentine,

à la fois si triste et si rieuse, si prude et si légère, si froide et si aimante; et il sentit que ses deux plus grands titres à le prévenir en sa faveur étaient d'avoir déplu à M. Narvaux et d'être aimée de Stéphanie.

IX.

L'impression que lui avait laissé cette
soirée fut cependant bientôt effacée; Edgar,
trompé deux fois dans les émotions de son
cœur, reprit le cours de sa vie mondaine;
mais toujours désenchanté dans ses illusions,
toujours puni dans ses espérances, il finit
par concevoir une telle rancune contre son
fatal lorgnon, qu'il résolut de ne plus

s'en servir. Il le renferma dans un tiroir de
son secrétaire, et le jour où il sortit sans le
porter sur lui, il se sentit soulagé comme
s'il était libre et débarrassé d'un ami importun.

Dans ses découvertes depuis quelques
jours tout l'avait mécontenté ; il avait appris à se méfier de tout, même des caresses
d'un enfant. Car l'intérêt, cette lèpre du
siècle, nous atteint dès l'enfance, et l'on
est effrayé de voir de petites têtes calculer
avant de penser.

La veille, M. de Lorville alla voir madame
de ***. Sa petite fille, sitôt qu'elle le reconnut, vint à lui, sauta sur ses genoux, et lui
dit mille gentillesses. Edgar, surpris et touché de cet accueil empressé, voulut savoir
pourquoi cette jolie enfant était si tendre
pour lui : il la lorgna. « Caressons - le bien

pensait-elle, il a rapporté d'Allemagne de si
beaux joujoux à ma cousine! » Edgar, malgré
lui, repoussa l'enfant qu'il caressait; et, dé-
goûté de trouver dans tous les rangs, à tous les
âges, la même pensée d'intérêt ou de vanité,
il forma le projet de renoncer à une science
qui devenait si monotone, et s'avoua que
le talent de pénétrer toutes les idées ne
valait pas le plaisir d'être trompé.

Débarrassé de son talisman, il se réjouissait
de redevenir une bonne dupe, et pensait
qu'il allait retrouver tout à coup sa crédu-
lité d'autrefois. Mais il est des secrets qu'on
ne possède pas impunément, et des igno-
rances qu'on ne retrouve plus.

Son esprit, accoutumé à deviner, faisait à
son insu des observations, expliquait ses
défiances, traduisait ce qu'on disait, réta-
blissait des vérités altérées; enfin M. de Lor-

ville était sans son lorgnon, comme nous
sommes en l'absence d'un ami qui a de l'empire sur nous. Nous agissons par souvenir;
à chaque événement, à chaque objet, nous
nous demandons : Que ferait-il? que pense-
rait-il? que dirait-il de cela? et nous sommes
encore sous le joug de ce caractère despo-
tique, alors même que nous croyons en
être affranchis par l'absence.

En revenant de l'Opéra, M. de Lorville
passa devant la porte de madame de Fontvenel; il y vit plusieurs voitures arrêtées;
et l'idée lui vint de monter chez elle un moment, quoiqu'il fût déjà tard.

Il y trouva encore beaucoup de monde.
Comme il entrait, il entendit ces mots que
prononçait madame de Clairange avec sollicitude : « Valentine, ne prenez pas d'orgeat,
vous vous rendrez malade. » Elle est ici,

pensa Edgar, se rappelant tout ce qu'on lui avait dit de madame de Champléry; et curieux de la voir, il porta ses regards du côté de la table ronde autour de laquelle se réunissaient ordinairement Stéphanie et ses jeunes amies; mais il en était trop éloigné, pour qu'il lui fût possible de distinguer aucune femme particulièrement.

Forcé de rester auprès de la maîtresse de la maison pour écouter les obligeans reproches qu'elle lui faisait sur sa négligence, Edgar s'impatientait de ne pouvoir rejoindre Stéphanie. Il ne doutait pas que Valentine ne fût auprès d'elle, et songeant à ce que lui avait dit M. de Fontvenel sur l'impossibilité de deviner le caractère de madame de Champléry, il commença à se repentir d'avoir abandonné son lorgnon.

Enfin il lui fut permis de s'approcher de

8

cette terrible table ronde, à laquelle il en voulait déjà, en se rappelant tout ce qu'à cette
même place il avait éprouvé pour Stéphanie. Mademoiselle de Fontvenel le reçut avec
sa bienveillance ordinaire, elle le fit asseoir
auprès d'elle, et il vit bientôt que sa présence avait fait une grande sensation dans le
groupe de jeunes femmes qui l'entouraient.

Il est certain que son talent de pénétration faisait du bruit dans le monde, et que
toutes les femmes avaient peur de lui. Une
fort jolie personne était à côté de Stéphanie, Edgar présuma que c'était Valentine, et se mit à l'observer. Il la trouva
rieuse, moqueuse, comme on le lui avait
annoncé. La conversation s'étant facilement
engagée, et voyant que l'on mettait la
coquetterie à lui répondre, il se livra au
au plaisir d'être écouté. Il raconta ses voya-

ges, y mêla des anecdotes piquantes, et
sachant que madame de Champléry aimait
la légéreté dans l'esprit, il se flatta de lui
avoir prouvé qu'il n'en manquait pas, et
son amour-propre se sentit satisfait.

Comme il était dans tout l'enivrement
d'un homme heureux de plaire, la voix de
madame de Clairange retentit : Allons, Valentine, il est minuit passé, vous êtes souffrante, il faut rentrer. » Edgar murmura
d'être sitôt séparé de sa jolie voisine ; mais
quel fut son étonnement en voyant se lever
à la voix de madame de Clairange, vers l'autre
bout du salon, une jeune femme grande,
belle, froide et sérieuse, toute différente
enfin de l'idée qu'il s'était faite de madame
de Champléry. Cependant c'était bien elle.
Il ne l'avait pas vue, parce que jusqu'a-
lors plusieurs personnes placées devant

elle la lui cachaient; il se leva pour la mieux
regarder, mais elle s'éloigna sans lui donner
le temps de la considérer.

Impatienté de sa méprise, Edgar ne
trouva plus aucun plaisir à causer avec la
jeune femme qu'il avait crue être madame
de Champléry. Il lui en voulait de l'a-
voir trompé, et se disait avec humeur :
J'aurais dû deviner que ce n'était pas elle ;
madame de Champléry doit avoir plus d'esprit que cela. En vain madame de Cilleray, ignorant qu'elle avait dû à une
erreur les soins de M. de Lorville, con-
tinuait-elle ses gracieuses coquetteries,
Edgar ne l'écouta pas; et s'éloigna d'elle d'un
air maussade en la laissant toute déconcertée de ce caprice.

Le nom de Valentine qu'il entendit prononcer avec une sorte d'indignation l'attira

dans le salon voisin, et n'ayant pu causer avec madame de Champléry comme il l'aurait tant désiré, il espéra s'en dédommager en entendant parler d'elle.

—Valentine prude et prétentieuse! Ah! monsieur, vous ne la connaissez pas! s'écriait un vieux général avec chaleur, je vous assure qu'il y a, au contraire, peu de femmes plus simples et qui songent moins à produire de l'effet.

— Vous m'accorderez au moins qu'elle est capricieuse, reprit M. Narvaux. Quelle affectation de causer à l'écart toute la soirée avec un vieux diplomate allemand, au lieu de se mêler à la conversation des personnes de son âge et même de son pays! Pourquoi cette subite attitude de mélancolie qu'elle avait adoptée ce soir, tandis qu'hier elle est restée ici jusqu'à deux heures du matin à nous faire mourir de rire, en disant toutes les folies qui lui passaient par la tête!

—Mais, répondit le général, cela est tout simple, aujourd'hui elle est souffrante.

—Ce n'est pas une raison, je l'ai vue cent fois ainsi. C'est une femme inexplicable; elle n'est jamais deux jours de suite la même. Demandez à Fontvenel, ajouta M. Narvaux, il la juge comme moi.

—Je ne suis pas aussi sévère, répondit M. de Fontvenel; j'avoue que madame de Champléry m'a toujours paru avoir un caractère incompréhensible; mais je la connais trop pour l'accuser d'être affectée ou capricieuse; elle me fait plutôt l'effet d'une personne dominée par une arrière-pensée qui la trouble, et qu'elle craint de laisser deviner, d'une personne enfin qui a un secret.

—Je serais assez de votre avis, dit une femme douée d'un esprit d'observation redoutable; sa gaîté est de l'agitation, son silence de la contrainte, et ce sont là des symptômes de.... .

— Quelle idée! reprit le général avec humeur.

—Non, je vous jure, ce n'est point une folie; cette jeune femme a quelque arrière-pensée qui la tourmente.

—Elle a peut-être un anévrisme au cœur, dit un jeune homme qui étudiait la médecine; cela expliquerait cette subite mélancolie.

—Elle n'a rien du tout, monsieur, reprit le bon général impatienté de ces conjectures; ou plutôt si vous voulez absolument savoir ce qui la tourmente, je vous le dirai moi, eh bien ! ce qu'elle a....., c'est.... c'est sa belle-mère qui est, selon moi, le plus affreux tourment et la plus ennuyeuse maladie qu'on puisse supporter.

— Quelle injustice ! s'écria-t-on de tous côtés, madame de Clairange qui est si bonne, qui accable sa belle-fille de soins et de tendresse !...

—Oui, elle l'accable; c'est bien le mot.

— Mon général, dit M. Narvaux, je ne reconnais pas là votre bienveillance habituelle. Une femme si parfaite, si généreuse ne peut faire le malheur de ceux qui dépendent d'elle, et je crois à la préoccupation de sa belle-fille une cause beaucoup plus vulgaire.

— C'est-à-dire, monsieur, que vous

croyez que ce qu'elle a ..... C'est un amant,
reprit le général avec colère ; vous conviendrez alors qu'elle le cache bien ; car aucun homme à Paris ne peut, je pense, se
vanter de la compromettre.

— A Paris, non... mais....

— J'entends ce que vous voulez dire,
elle aime en province ! à Clermont, un *Auvergnat* sans doute ?

A ces mots chacun se mit à rire. La colère d'un homme très-bon a presque toujours quelque chose de comique, d'abord
parce qu'on ne la redoute pas, ensuite,
parce qu'elle est exagérée ; il n'y a que la
méchanceté qui sache s'exhaler avec mesure, et conserver assez de sang-froid pour
choisir la place où elle doit frapper ; l'indignation frappe au hasard, au risque même
de ne pas blesser.

M. de Fontvenel, voyant que le vieil
ami de Valentine commençait à se fâcher
sérieusement de la manière dont on parlait
d'elle, voulut mettre fin à cette conversation
qu'il se repentait d'avoir amenée.

— Prenons patience, dit-il, nous avons
ici quelqu'un qui peut facilement nous
éclairer; si madame de Champléry a un secret, comme nous le pensons, voilà un
homme dont le regard perçant saura bientôt le découvrir. Tous les yeux se fixèrent
alors sur Edgar, que M. de Fontvenel désignait; et il lui fallut subir le récit des merveilleuses découvertes qu'on attribuait à sa
pénétration. Il feignit de ne voir dans ces
récits véritables qu'un conte, qu'une plaisanterie, s'engagea, en riant, à mettre en
œuvre toutes les ruses de sa science pour
deviner le secret de madame de Champ-

léry; et promit de rendre incessamment
un compte exact de ses observations.

Quoiqu'il n'eut point son lorgnon ce soir-
là, M. de Lorville devina sans peine l'intérêt que le vieux général portait à Valentine, et par un motif qu'il ne s'expliquait
pas, il sentit le besoin de le prévenir en sa
faveur; aussi voyant que le général l'observait avec attention :

— Avant de m'engager dans cette grande
entreprise, dit Edgar, je dois vous avouer
que je suis déjà un juge suspect, et que j'ai
perdu un peu de mon impartialité.

— Comment cela, dit M. Narvaux, tu ne
connais pas madame de Champléry; qui
te donne donc si bonne idée d'elle?

—Précisément le mal que vous en dites.
Elle vous a fait rire hier jusqu'à deux heures

du matin; donc elle est spirituelle et amusante. Ce soir, son crime est d'avoir causé
long-temps avec un vieux savant, et de
n'avoir pu cacher sa tristesse; donc elle a
l'esprit solide et le cœur faible. Voilà, il me
semble, de quoi composer un caractère de
femme fort aimable. Vous voyez que je serais un mauvais juge, et que, sans le vouloir,
vous m'avez gagné.

Le vieux général quitta son air de mauvaise humeur; il se rapprocha de M. de Lorville, lui parla de son père, de sa famille
qu'il connaissait, le questionna sur ses
projets avec bienveillance, et Edgar, en
l'écoutant, se demandait pourquoi il était
si heureux d'avoir mis dans son parti un
ami de madame de Champléry.

Il attribua cette préoccupation à la curiosité. La puissance que lui seul possédait

de pénétrer le secret d'une femme si distinguée, expliquait assez selon lui l'impatience qu'il éprouvait de se trouver auprès
d'elle. Madame de Fontvenel l'avait prié à
dîner pour le jeudi suivant; Edgar savait
que madame de Clairange et sa belle-fille
seraient de ce dîner, et il se promettait bien
ce jour-là de sortir son talisman de sa ca-
chette. Déjà il lui pardonnait tous les tourmens qu'il lui avait causés, tant il était
fier de le posséder dans une occasion si
importante.

En effet, le mystère qui entourait madame de Champléry, la bizarrerie de son
caractère, joints aux avantages de son esprit, devaient inspirer de l'intérêt. M. de
Lorville faisait déjà mille conjectures sur le
secret qu'il allait deviner, en se promettant
d'avance de ne pas le trahir. Un secret qui

donne des défauts à une personne si parfaite, ne doit pas être vulgaire, pensait-il,
il n'y a, dans ce mystère, ni calcul, ni intérêt, puisqu'il n'y a pas hypocrisie.

Edgar songeait à cette grande entrevue
avec une joie d'enfant, et se félicitait d'y
être préparé d'avance, se rappelant sa dernière maladresse ; mais le destin lui réser-
vait d'autres épreuves.

X.

Le lundi soir Edgar rencontra M. de
Fontvenel. — Ah! c'est toi, s'écria celui-
ci; tu ne m'échapperas pas; je t'emmène.

— Où donc?

— A l'Odéon.

— Ah! mon ami, que t'ai-je fait? et que
veux-tu que j'aille voir si loin?

— D'abord *la maréchale d'Ancre* qu'il

faut voir absolument, ensuite la marquise de Champléry.

— Ah ! elle y est ?

— Oui, avec sa belle-mère et Stéphanie, elles n'ont que Narvaux et moi pour les ac-compagner, et cela ne suffit pas ; tu sais que les femmes ne s'amusent au spectacle que lorsqu'elles ont dans leur loge un homme à la mode. D'ailleurs tu n'as pas oublié nos engagemens et le secret que tu dois nous révéler.

Mais, dit Edgar, je n'ai pas....; il allait dire : mon lorgnon ! heureusement il s'ar-rêta.

—Tu n'as pas de place, reprit M. de Font-venel, je t'en offre deux. M. de S*** nous a donné sa loge ou plutôt sa chambre ; c'est une loge d'avant-scène, elle est immense, tu peux accepter sans scrupule ; tu ne nous gêneras pas.

— Edgar cède aux instances de son ami ; il monte dans son tilbury pour faire avec lui cette route éternelle , et ils reprennent leur conversation sur madame de Champ-léry.

Edgar était comme ces gens qui ont une si parfaite connaissance des lieux qu'ils ha-bitent, qu'ils peuvent les parcourir sans lumière. A force de lire la pensée à l'aide de son lorgnon magique, il avait fini par s'étu-dier à la déchiffrer sans son secours. Il vit bientôt que son ami parlait de Valentine avec une sorte de dépit ; et songeant à l'ex-trême intimité de madame de Champ-léry et de sa sœur, qui leur donnait tant d'occasions de se rencontrer, il pensa que M. de Fontvenel avait dû chercher à lui plaire, et qu'il ne se montrait pour elle si peu bienveillant, quoiqu'il n'en dît jamais de

9

mal, que parcequ'il n'avait pas réussi. Edgar se rappela encore que son ami était le
premier qui eût supposé un secret à Valentine. Or cette idée ne vient jamais qu'à
un prétendant mal écouté, qui se croyant
assez séduisant pour être aimé, attribue sa
défaite à quelque obstacle mystérieux, à
quelque pensée rivale, qui l'empêche de
réussir malgré ses avantages. Edgar regarda
cette observation de M. de Fontvenel,
comme l'ingénieuse explication que donnait à ses revers un amour-propre blessé; et il résolut de ne juger madame de
Champléry que par lui-même, et de ne partager en rien les préventions de son ami.

Arrivés à l'Odéon, M. de Lorville se sentit
ému en songeant qu'il allait passer la soirée
auprès de cette femme qui le préoccupait
d'une manière si étrange, et pour la pre-

mière fois peut-être, depuis son retour à
Paris, éprouva de l'embarras.

La science qu'il avait rapportée de ses
voyages lui avait donné tant d'assurance!
toute sa personne était changée depuis cette
époque. Ses manières avaient acquis un
aplomb étonnant pour son âge. Dans l'attitude d'un homme qui sait et qui devine, il
y a quelque chose de calme, une sécurité qui
impose; on sent qu'il a sur nous un avantage, et quelle que soit sa jeunesse, comme
cet aplomb n'est pas celui de l'ignorance,
ni celui de la sottise, on est forcé de lui reconnaître une sorte de puissance; d'ailleurs
quand on a le secret de chacun, on devient
si indulgent, et l'indulgence dans la jeunesse est déjà de la supériorité : aussi M. de
Lorville passait-il pour l'un des jeunes gens
les plus spirituels de Paris; réputation qu'il

devait en partie à son talisman, mais qu'il
n'était cependant pas incapable de soutenir.

Au moment où les deux amis entrèrent
dans la loge, Melle Georges était en scène;
madame de Clairange et Stéphanie se con-
tentèrent de les saluer sans rien dire,
pour ne pas exciter les *chut* offensans
du parterre orageux de l'Odéon. Madame de Champléry, abîmée dans ses réflexions, ne tourna pas la tête pour voir
qui venait d'entrer; et Edgar, ne pouvant
regarder ses traits, fut réduit à admirer ses
beaux cheveux blonds arrangés avec art,
et à étudier tous les détails de sa mise élégante. Lorsqu'il eut contemplé pendant un
moment le léger fichu de tulle brodé qui
entourait un col gracieux, la jolie ceinture
bleue qui dessinait une taille svelte et élégante, cette robe de mousseline blanche si

bien faite, si bien attachée, il commença à
s'ennuyer; alors pour forcer Valentine à regarder de son côté, il imagina de lancer de
manière à ce qu'elle pût l'entendre, une de
ces bêtises révoltantes qui font scandale et
qui forcent la personne la plus distraite à
lever la tête pour regarder quel est l'imbécille qui a pu la dire.

En vérité, s'écria Edgar, en regardant
Melle Georges et feignant de se tromper :
Melle Mars est admirable avec ce costume !

Melle Mars! Melle Mars! Que dites-vous?
s'écria chacun aussitôt, en se moquant
de cette niaise méprise. La ruse eut tout
le succès qu'il en attendait; Valentine se
retourna vivement du côté de M. de Lorville. Elle le reconnut et rougit. Sachant
bien, qu'il avait trop d'esprit, trop l'habitude de Paris pour se tromper si grossière-

ment; et d'ailleurs prévenue par Stéphanie
sur sa résolution de l'observer, elle devina
que cette balourdise avait été dite volontai-
rement, et le regard dédaigneux qu'elle jeta
sur M. de Lorville, le punit bientôt de sa
malice.

Pendant l'entr'acte, M. de Fontvenel pré-
senta son ami à madame de Champléry; elle le salua froidement, et après leur
avoir adressé à tous deux sur la pièce que
l'on jouait, quelques paroles insignifiantes,
elle se mit à regarder de côté et d'autre
dans la salle, de l'air d'une personne qui ne
se soucie pas d'engager la conversation.

Madame de Clairange ne fut pas si dé-
daigneuse pour Edgar; elle s'empara de
lui, l'accabla de flatteries sur sa finesse, et
finit par lui dire qu'elle était bien heureuse
de n'avoir dans le cœur rien à cacher, car il

lui serait bien pénible d'être obligée de fuir
l'homme le plus aimable qu'elle eût jamais
rencontré. Je crois en vérité, poursuivit-
elle, que Valentine n'est si maussade ce
soir, que parce qu'elle a quelque maligne
pensée, qu'elle craint de vous voir deviner.

— Ce que je pense, interrompit Valentine avec un peu d'impatience, intéresse
tout au plus l'auteur de cette pièce, et je
ne lui cacherai même pas. — Vous auriez
raison madame, car il a bien assez de talent
et d'esprit pour l'entendre, répondit Edgar,
étonné de cette malveillance.

Madame de Clairange avait beau faire
des signes et employer ce langage des yeux,
des sourcils et des épaules, cette panto-
mime des tantes et des mères qui grondent
leurs filles dans le monde, pour reprocher
à Valentine d'être si peu gracieuse envers

M. de Lorville, elle persista dans sa mauvaise humeur, et Edgar ne put s'empêcher
de rire du désespoir qu'en éprouvait madame de Clairange. Il la soupçonna d'avoir
trop parlé en sa faveur; et il connaissait
déjà assez Valentine, pour savoir qu'un
éloge de sa belle-mère devait le perdre dans
son esprit.

Madame de Champléry ne lui apparut
pas ce soir là à son avantage; elle lui sem-
bla moins belle que le jour où il l'avait
aperçue pour la première fois; ses manières étaient sans grâce, sa voix avait
quelque chose de dur qui déplaisait; la
noble régularité de ses traits, n'étant adou-
cie par aucune expression de gaîté ou de
mélancolie, donnait à son visage un air de
sévérité qui manquait de charme; et M. de
Lorville la voyant ainsi, se demandait com-

ment madame de Clairange avait jamais pu
être entraînée à nommer sa petite rieuse,
une personne si grave et si imposante.

Tandis qu'il causait avec madame de
Clairange, M. de Fontvenel dit à Valentine :

— Ne vois-je pas en face de nous, votre
merveilleux cousin ? Adolphe de Champléry.

— Oui, c'est lui, reprit Valentine, il est
sans doute ici avec sa belle prétendue mademoiselle d'Armilly.

— A ce nom Edgar tressaillit ; il lui rappelait sa première épreuve et son premier
désenchantement.

— Elle va se marier, demanda-t-il avec
curiosité ?

— Oui, répondit Valentine, elle doit
épouser mon cousin, M. de Champléry.

—On prétend qu'elle l'aime à la folie,
dit alors M. Narvaux, il n'est pourtant guère
séduisant. C'est une vérité cruelle à s'avouer,
continua-t-il, les ennuyeux plaisent aux
jolies femmes.

—Pas tous, reprit Edgar avec insolence,
mais il est certain qu'elles prennent souvent
l'obsession pour l'assiduité; d'ailleurs l'ennui est un magnétisme qui ôte la raison,
engourdit la volonté, c'est le philtre des
importuns.

En ce moment madame de Champléry
s'étant avancée pour regarder quelqu'un
dans la salle.

—Qui saluez-vous, ma chère, dit sa
belle-mère?

—Madame d'Armilly et sa nièce, répondit Valentine.

— Où est-elle? demanda vivement Stéphanie? on la dit si belle, je voudrais bien
la voir.

— Ah! elle est ravissante, s'écria M. Narvaux, n'est-ce pas, mon cher, c'est la plus
jolie femme de Paris?

Edgar ne voulant point louer mademoiselle d'Armilly, ni parler d'elle avec malveillance, trouva plus convenable de dire
qu'il ne la connaissait pas.

— Regardez la donc, mon cher, elle est
adorable!

— Il faut bien qu'elle soit jolie, dit à son
tour M. de Fontvenel, pour oser se nommer
madame de Champléry.

— On vous confondra toujours ensemble, dit Stéphanie à Valentine.

— Non, reprit-elle, pour nous distinguer, on appellera ma cousine, madame de Champléry la belle.

— Et l'on dira de vous la bonne, cela vaudra bien mieux.

On devine que cette pensée touchante et nouvelle était due à madame de Clairange ; ravie de l'avoir trouvée, elle ajouta :

— Je vois, ma chère enfant, que vous serez obligée de vous remarier pour éviter un quiproquo.

— Le motif est entraînant, dit Edgar, voyant l'embarras où cette plaisanterie de sa belle-mère avait jeté Valentine ; cela me rappelle une jeune personne qui se décida à cet acte si grave du mariage, pour avoir le droit de porter un berret qui lui allait à merveille, et qu'on avait eu l'idée ingénieuse de lui faire essayer comme par hasard.

— Comment, s'écrie M. Narvaux, est-ce
qu'il lui fallait absolument un mari pour
ôser mettre un chapeau?

— Sans doute, dit madame de Clairange, ne savez-vous pas qu'en France les
jeunes personnes ne portent ni toques, ni
bonnets, ni turbans?

— Fort heureusement, reprit Edgar, sans
cela dans nos salons, à quoi les reconnaî-
trait-on, depuis que les mères de famille per-
sistent dans l'ingénuité? Cette coutume est
très-bien imaginée; de plus elle est un langage: car le jour où une vieille fille renonce
à se marier, elle arbore le panache blanc
sur la toque noire, et c'est comme lorsque
le président de la chambre se couvre, la dis-
cussion est terminée.

Chacun rit de cette folie. La conversation

ayant continué sur le mariage de mademoiselle d'Armilly, Edgar sortit de la loge
pour aller l'admirer, et on le vit bientôt se placer au balcon en face d'elle, de
manière à pouvoir aussi contempler Valentine.

Il éprouva un sentiment de tristesse en
revoyant mademoiselle d'Armilly, cette
belle personne qui l'avait si cruellement
puni de sa présomption de plaire; et il se
sentit une sorte d'aversion pour elle en re-
marquant les regards tendres et les coquetteries qu'elle adressait à ce même M. de
Champléry, dont elle lui avait parlé avec
tant de dédain, tandis qu'elle employait
toute son adresse à se faire épouser de lui.
Ensuite ses yeux tombèrent sur Stéphanie,
puis sur Valentine, et il pensa qu'il était
singulier de voir ainsi réunies dans le même

lieu, ces trois femmes, les seules qui depuis
son séjour à Paris eussent préoccupé son
cœur. Les autres n'avaient été pour lui que
des caprices, et nulle idée d'avenir n'était
venue troubler les plaisirs du présent. Mais
Stéphanie! mais Valentine!... elle qu'il ne
connaissait pas, de quel droit avait-elle si
vivement occupé sa pensée?

Cependant ce soir là, elle avait perdu de
sa puissance, et Edgar éprouva un plaisir
auquel le dépit n'était pas étranger, en s'a-
vouant qu'elle semblait la moins belle des
trois. Bientôt ce dépit augmenta, car il la vit
tout à coup s'animer et causer avec M. Narvaux d'un air de bienveillance et presque de
coquetterie qui acheva de l'irriter. Il croyait
entendre encore tout le mal que M. Narvaux avait dit d'elle, et la fausseté de l'un,
la duperie de l'autre le révoltaient égale-

ment. Cela est cependant fort commun dans le monde; l'homme qui médit le plus d'une femme parce que la supériorité de son esprit l'humilie, est souvent celui qui apprécie le plus son suffrage et qui fait le plus de frais pour l'obtenir; et cela il le fait sans trop de fausseté.

Si Edgar avait eu son talisman il eût été moins sévère pour Valentine; il aurait vu qu'elle ne s'était animée ainsi en parlant à un autre, que parce qu'elle s'était aperçue qu'il la regardait; de près, ce regard l'embarrassait; de loin, il lui donnait la vie; c'est pour lui qu'elle s'était ranimée, et toutes ses paroles, qu'il ne pouvait entendre, s'adressaient à lui.

Il y a des femmes que l'embarras embellit et d'autres qu'il neutralise, ou qu'il métamorphose entièrement. Valentine était

de ce nombre, l'embarras était pour elle un
supplice; elle aimait mieux nier ses bons sentimens, cacher ses pures émotions, que de
risquer le trouble de les exprimer. Il n'était
pas de faux-fuyant auquel elle n'eut recours
pour sortir de peine. La plaisanterie la plus
glaciale, la politesse la plus désenchantante,
valaient mieux pour elle qu'un remercie-
ment qu'elle n'aurait pu prononcer sans en
être attendrie. Aussi elle redoutait l'amour,
ses craintes, ses pudeurs et ses troubles,
comme le plus grand des tourmens, et celui
qui devait lui en inspirer pouvait s'attendre
d'avance à être regardé par elle comme un
ennemi.

A la sortie du spectacle, au bas du grand
escalier, madame de Champléry se trouva
auprès de sa future cousine, et l'air troublé
avec lequel mademoiselle d'Armilly salua

M. de Lorville qui disait ne point la connaître, inspira quelque défiance à Valentine. Edgar lui-même parut déconcerté en
voyant son mensonge découvert. En résul-
tat cette soirée n'eut pas tout le succès
qu'en espérait madame de Clairange dont
M. de Lorville avait deviné sans peine les
projets.

Valentine lui avait paru sans grâce, et
digne de trouver M. Narvaux aimable. Quant
à madame de Champléry, elle jugeait Edgar
faux et suffisant, et madame de Clairange,
voyant ses plans habiles déjoués, se disait
tristement : Ma belle-fille ne sera jamais
duchesse de Lorville.

XI.

On était au milieu de l'été, dans cette saison insupportable à Paris, où sans nous rendre compte d'un instinct sanitaire qui nous guide, nous allons voir de préférence ceux de nos amis qui ont des jardins ; de même qu'en hiver les plus frileux sont ceux que nous soignons davantage.

On étouffe ce soir, disons-nous, com-

ment n'y a-t-il pas à Paris des squares où
l'on puisse respirer à son aise, sans être
foulé comme aux Tuileries. Les gens qui
ont un jardin dans leur maison sont bien
heureux par ce temps-ci. — Celui de madame une telle doit être charmant, dit un
autre. — Est-elle à Paris? — Oui, elle y
reste encore quelques jours avec sa mère
qui est souffrante. — Ah! pauvre femme;
allons savoir de ses nouvelles. — Et nous
voilà bientôt dans un jardin charmant, en-
tourés de fleurs, respirant un air pur, sans
avoir fait d'autres frais que de demander à
une de nos amies des nouvelles de sa santé.

C'est ainsi qu'Edgar se trouva chez une
de ses parentes qui possédait, rue de Va-
renne, un des plus beaux jardins de Paris.
La solitude de ce quartier était si grande
cette année, qu'on s'y croyait presque à la

campagne. Il était déjà nuit lorsqu'il arriva chez madame de Montbert ; les salons étaient éclairés, mais tout le monde était encore dans le jardin ; Edgar s'avança dans l'ombre, vers la maîtresse de la maison, causa un moment avec plusieurs de ses amis qu'il reconnut au son de leur voix ; puis se rapprochant d'un cercle de femmes assises sous de hauts orangers, il se mêla à leur conversation.

De temps en temps il découvrait une personne de sa connaissance dans l'obscurité, aux lueurs incertaines que répandaient sur les gazons et à travers le feuillage, les, lampes étincelantes du salon.

— Ah ! c'est vous ! s'écriait-il, et chacun riait de cette espèce de colin-maillard. D'ailleurs cette conversation dans l'ombre, ces malices jetées dans la nuit, et que la physionomie ne confirmait point, ces plaisan-

teries anonymes, ces mystères de l'esprit
avaient quelque chose de piquant, qui amusait beaucoup M. de Lorville.

Une femme surtout avait attiré son attention, par plusieurs mots spirituels dits avec
grâce, par des observations fines et pleines
de cette gaîté bienveillante qui dédaigne
l'épigramme, que nourrit une imagination
heureuse, et qui n'a pas besoin des saillies
de la malice pour briller. Si l'on venait à
parler de choses sérieuses, cette personne
qui paraissait pourtant fort jeune, lançait
sans prétention, des idées dont la justesse
et la profondeur étonnaient, et tout cela
avec une voix si douce et d'un accent de
bonhommie qui enchantaient.

Cette femme, qu'Edgar ne pouvait voir
devait être jolie; d'abord elle avait les attitudes à la fois nobles et paresseuses d'une

personne qui se sait agréable et qui n'a pas besoin de s'observer pour être bien, et de plus elle parlait de la beauté des autres femmes avec justice, sans envie, et comme ayant une part dont elle se contentait. Sa mise était celle d'une *élégante :* la jolie petite capote de moire blanche qui seule se distinguait dans l'obscurité, cachait entièrement son visage; mais ses mouvemens gracieux, la manière indolente dont elle s'enveloppait dans son grand schall, sans égard pour ses manches garnies de dentelles qu'elle chiffonnait impitoyablement, toute cette nonchalance lui donnait un air de petite maîtresse parfaitement en harmonie avec la grâce et le laisser-aller de son esprit.

Edgar attendait avec impatience que l'on rentrât dans le salon pour voir cette beauté mystérieuse, qui piquait si vivement sa cu-

riosité. Il aurait bien voulu demander son
nom, mais il ne l'osait déjà plus, car cette
femme qu'il était sûr de n'avoir jamais ren-
contrée, lui parlait comme à une ancienne
connaissance, et l'on se serait moqué de lui
s'il avait paru ignorer qui elle était.

Enfin la maîtresse de la maison eut froid;
elle prétendit que le brouillard tombait et
qu'il fallait retourner dans le salon. Chacun
se leva, les femmes passèrent les premières,
M. de Lorville les suivit avec empressement;
mais, lorsqu'il chercha parmi elles, la petite
capote blanche qui seule l'occupait, il se
trouva qu'elle avait disparu. On entendit le
bruit d'une voiture qui sortait de la cour de
l'hôtel, et la maîtresse de la maison revint
en disant : — Elle nous a quittées ce soir de
bien bonne heure. — Qu'elle est aimable,
dit un homme qui se trouvait là; elle est

ravissante, et il est impossible d'avoir plus d'esprit.

Ensuite on parla d'autre chose; et Edgar plein de dépit, n'osant, par orgueil, paraître ignorer le nom d'une femme si à la mode, et dont la réputation d'esprit paraissait si bien établie, se retira chez lui, encore plus irrité que la veille, et convaincu que le destin le condamnait à ne jamais aimer, puisqu'il se plaisait ainsi à déconcèrter toutes ses espérances d'amour.

XII.

Le lendemain, à six heures du soir, presque toutes les personnes, qui devaient dîner
chez madame de Fontvenel, étaient arrivées ; on n'attendait plus que le vieux général et M. de Lorville.

—Avez-vous bien rappelé à Edgar que
nous comptions sur lui aujourd'hui ? dit
madame de Fontvenel à son fils ; il est ca-

pable de nous avoir oubliés ; il a toujours tant d'invitations.

—Qui ! M. de Lorville, demanda le jeune officier qui devait épouser Stéphanie , je réponds qu'il va venir ; je l'ai vu hier , et je l'attends ici pour lui dire qu'il a gagné son pari.

—Quel pari ? demanda M. de Fontvenel.

— Oh ! c'est la chose du monde la plus étrange ! ce Lorville est un sorcier.

Chacun se rapprocha du jeune officier, et il fut accablé de questions : Valentine seule ne disait rien ; mais ce n'était pas la moins attentive.

— Nous étions tous deux hier au café de Paris, assis à table près d'une fenêtre, attendant qu'on apportât notre dîner ; moi, je lisais le Journal des Débats , tandis que

M. de Lorville s'amusait à lorgner les pas-
sans sur le boulevart. De temps en temps
je le voyais se cacher pour rire; d'autres
fois rire franchement et de si bon cœur,
que sa gaîté me gagnait sans que j'y pusse
rien comprendre. A la fin, impatienté, je le
priai de me faire partager son hilarité, en
lui demandant ce qui l'excitait.

— Rien... dit-il, c'est que je vois passer
des figures si plaisantes; et puis je me demande où vont tous ces gens-là, je cherche
à le deviner à leur allure, et il me passe par
la tête des idées si singulières que...; et alors
il recommença à rire de nouveau.

— Ce travail ne me paraît pas bien difficile, répondis-je; par exemple, il est aisé de
deviner que ces deux femmes qui courent
si vite avec une lorgnette à la main, vont à
l'Opéra, aux quatrièmes loges même, et que

ce monsieur qui marche le nez et la canne
en l'air, n'est attendu nulle part, qu'il se
promène pour se promener.

— Eh bien! voyons, dit M. de Lorville,
puisque vous êtes si fin, dites-moi ce que
pense ce petit homme gras qui sort d'ici
avec l'air content, et qui secoue la tête
comme un penseur.

—C'est, dis-je, un spéculateur qui a
gagné à la bourse, et qui calcule les chances
favorables pour y jouer demain.

—Erreur! s'écria-t-il avec assurance, ce
n'est point un agioteur, c'est un simple
gourmand qui repasse son dîner dans sa
mémoire; regardez-le bien, dans ce mo-
ment-ci, il se dit mot pour mot : » ce petit
melon était exquis!»

En cet instant le garçon de café apporta
notre potage.

—Connaissez-vous, lui dis-je, ce petit
monsieur qui a dîné ici, et je lui montrai
par la fenêtre l'homme en question qui passait devant nous.—Oh ! oui, monsieur, répondit le garçon, c'est un de nos habitués,
un grand amateur de melons; il nous en fait
souvent entamer cinq ou six avant d'en
trouver un à son goût.—M. de Lorville me
regarda d'un air triomphant, et je restai
ébahi. Comme ce jeu me divertissait, je le
prolongeai; je commençais à avoir confiance
dans les jugemens de M. de Lorville, qui
vrais ou imaginaires, étaient quelquefois si
comiques, que je me plaisais à les exciter.
Je ne lui laissais pas le temps de se préparer, et toujours ses réponses étaient prêtes.

—Que pense ce grand blond, lui dis-je,

qui a l'air de mauvaise humeur et qui marche encadré par ces deux petites femmes si
bien mises?

— Il se dit : « *soixante francs pour une
loge à l'Opéra! c'est ruineux.*

—Et ce joli jeune homme qui donne le
bras à cette femme maigre et fanée?

— *Elle n'est vraiment plus jolie du tout;
ah ! si son mari n'était pas mon colonel....*

— Je me mis à rire. Voyons, continuai-
je, en lui montrant un gros cocher de fiacre,
qui faisait semblant de fouetter ses chevaux,
tandis que ses *cliens* agités passaient leur
tête par la portière. .

M. de Lorville le regarda attentivement et
sourit de la pensée de ce brave homme qui
se disait dans son langage : *sont-ils bêtes! ils*

sont pressés, et ils me prennent à l'heure!
-—Vraiment, m'écriai-je en riant, il est bien
possible qu'il pense cela. Cependant M. de
Lorville paraissait si sûr de sa pénétration,
que j'avais hâte de le confondre. Je cherchai
une occasion de lui prouver qu'il se trompait, et je me promettais de choisir une personne d'une condition assez commune pour
que j'osâsse l'aborder hardiment, et qui
marchât d'un pas assez calme pour que
j'eusse le temps de la ratrapper. Comme j'y
songeais, nous vîmes passer une petite cou-
turière, qui portait dans un morceau de taffetas dont elle tenait les quatre bouts, plusieurs étoffes de robes, qu'on apercevait
entre les ouvertures du paquet mal fermé.

Que pense cette petite personne, dis-je
à M. de Lorville; songe-t-elle à la manière
dont elle taillera ces étoffes?

— Oui sans doute, reprit-il en riant, et
voilà lettre pour lettre ce qu'elle se dit : *Ja-*
mais je n'aurai assez de taffetas pour la
robe de madame Charlier, Ernest qui veut
que je lui lève un gilet dessus !

J'avoue que je ris de cette supposition ;
mais comme il soutenait que c'était la vérité,
il s'établit un pari entre nous. Je le quittai
bien vite pour rejoindre la petite ouvrière
que je retrouvai au coin de la rue de Gram-
mont ; et l'ayant suivie presque chez elle,
je lui demandai, non sans avoir beaucoup
de peine à garder mon sérieux, si elle n'avait
pas une robe à faire pour madame Charlier.
Elle me répondit : oui, monsieur, une robe
de gros de Naples noir. Je me mourais d'envie de rire à cette réponse ; cependant j'in-
sistai et la priai de me dire si, par hazard,
M. Ernest ne devait pas venir la voir le jour

même. Elle parut un peu embarrassée à ce nom. Enfin elle me répondit qu'en effet M. Ernest devait venir la voir, le jour même chez sa mère; mais que si j'étais un de ses amis, elle me priait bien de n'en rien dire, parce que son maître le gronderait de quitter son magasin à cette heure-là.

— Je ne saurais vous peindre quel fut mon étonnement en voyant toutes les préventions de M. de Lorville se réaliser de la sorte. Je fis toutes les suppositions imaginables pour expliquer ce qu'il y avait d'extraordinaire dans cette aventure, et je finis par me dire que cela était peut-être plus naturel que je ne le supposais, et que la petite étant fort jolie....»

A ces mots on annonça M. de Lorville; chacun sourit et se regarda en silence; mais,

comme le vieux général venait aussi d'arriver, après quelques mots de politesse, on
passa dans la salle à manger et l'on se mit
à table.

XIII.

Edgar était placé en face de madame de Champléry, et quoiqu'il n'eût plus grand plaisir à l'observer, il fut frappé de l'éclat de son teint. Il n'avait encore vu Valentine que le soir. Les femmes si fraîches, se dit-il avec dédain, ayant en général peu de physionomie, ne sont vraiment jolies que le matin. A la lumière, la moindre figure piquante leur est cent fois préférable. Edgar remarqua aussi que Valentine avait les mains blanches et bien faites, mais les bras rouges; et cette beauté des jeunes filles ne lui plut pas dans une femme.

Depuis deux jours, son talisman ne le quittait plus : il avait été trop puni de s'en être séparé pendant quelques jours; mais il n'osait en faire usage que rarement.

Pendant le dîner, le jeune officier, placé à quelques distance de M. de Lorville, lui rappela le pari qu'il avait gagné, en ajoutant qu'il était prêt à lui remettre ses dix louis.

— Gardez-les, reprit Edgar, je ne puis les prendre, ce serait les voler; je pariais à coup sûr.

— Ah! je le disais bien, vous la connaissiez.

— Non... pas elle... dit Edgard, un peu déconcerté de cette interprétation, qu'il n'avait pas prévue.

— Alors c'est donc madame Charlier ?

— Justement, répondit M. de Lorville en riant, c'est une de mes meilleures amies.

Et chacun, plaisantant de cette réponse, resta convaincu qu'Edgar avait été l'heu-. reux rival de M. Ernest.

C'est ainsi qu'on finissait toujours par expliquer, d'une manière assez naturelle, les incidens extraordinaires que faisait naître le merveilleux talisman.

Valentine, causant avec le général placé auprès d'elle, était sans cesse interrompue dans cette conversation, qui lui plaisait, par les questions, les gentillesses prétentieuses, les attentions tourmentantes de madame de Clairange ;

— Valentine, je vous envoie des olives ; je sais que vous les aimez. Valentine, ne buvez pas de vin de Madère, cela vous fera mal ; et Valentine, qui n'aimait pas les olives, et qui ne buvait jamais de vin, répondait à toutes ces prévenances d'un air d'impatience et de sècheresse qui ne l'embellissait point.

C'est dommage, pensait Edgar, que cette belle personne n'ait pas le désir de plaire : elle a vraiment des traits admirables ; mais tout cela est gâté par un air boudeur, qui n'a même pas la grâce de la gaucherie.

A peine fut-on sorti de table que madame de Clairange se disposa à partir, et traversa le salon pour dire adieu à Valentine, eu

promettant de revenir la chercher, si cela
lui était possible.

— Où allez-vous donc si tôt, ma chère?
lui demanda madame de Fontvenel.

— Eh ! mon Dieu ! chez des malheureux, comme toujours, reprit madame de
Clairange. J'ai de pauvres amis en deuil,
il faut bien que j'aille les consoler; et puis
j'ai une petite malade à qui j'ai promis
d'aller tenir compagnie.

— Toujours la même, dit M. de Fontvenel, en offrant son bras à madame de
Clairange pour la reconduire jusqu'à sa voiture; toujours le modèle des amies.

Tandis qu'elle s'éloignait : « Est-ce qu'elle
va au spectacle ? s'écria le général étonné.

—Non, pas ce soir, dit madame de Fontvenel; mais elle y est allée il y a trois jours,

pour la première fois depuis bien long-
temps.

— Ah! reprit le général, elle n'est donc
plus si dévote, depuis quand, s'il vous plaît?

— Probablement depuis la dernière révolution, dit Edgar.

Le général lui sut bon gré de cette malice, et ajouta : « C'est toujours la vertu à la
mode qu'elle choisit. L'année dernière, elle
ne s'occupait que de petits séminaristes; je
gage que maintenant elle quête pour les
blessés de juillet. »

Valentine s'étant approchée, on interrompit la conversation par égard pour elle.

Plusieurs personnes arrivèrent. On apporta les journaux du soir; les hommes se
mirent à les parcourir et à discuter sur la
politique; les femmes, après avoir causé

entre elles quelques momens, se retirèrent
dans le salon de musique, et prièrent Stéphanie de chanter. Edgar reconnut cette
voix fraîche et légère qu'il avait entendue
bien souvent, et il se plaisait à écouter ses
sons gracieux tout en continuant sa lecture. Bientôt la voix changea : une des
plus mélodieuses romances de madame Du-
chambge succéda à une jolie chansonnette
de M. de Beauplan; et M. de Lorville, ému
des accens pleins de charme qu'il entendait,
et saisi de la profonde mélancolie de cette
voix si belle, voulut voir quelle femme avait
remplacé Stéphanie. Il attendit la fin d'un
couplet pour s'approcher; et, étant parvenu jusqu'auprès du piano, il vit que c'é-
tait madame de Champléry; Edgar s'étonna
qu'une personne si froide en apparence,
et qui parlait d'une manière brève, eût en
chantant une voix si douce et si pleine

d'ame. Il fut frappé en même temps de l'expression gracieuse qu'avait pris le visage de
Valentine, et il chercha d'où pouvait venir
ce changement; il prit son lorgnon, et la
regarda; il vit alors que cette émotion qui
la rendait si belle venait d'un souvenir de
sa mère. Jamais Valentine ne pouvait chanter sans se rappeler le plaisir que cette mère
chérie éprouvait à entendre sa voix, et sans
se troubler du regret de n'être plus écoutée
par elle. Comme Edgar la contemplait dans
cette touchante émotion, Valentine l'aperçut, et quitta subitement le piano.

— Il y a encore un couplet, s'écria-t-on.

— Oui, dit-elle; mais j'en ai oublié les
paroles.

Alors, trouvant dans l'excès même de
son embarras une sorte de courage pour le

cacher, elle s'approcha bravement de M. de
Lorville, à qui jusqu'alors elle avait toujours évité de parler, et lui demanda s'il
était resté long-temps la veille chez madame
de Montbert.

—Quoi! vous étiez chez ma tante? reprit-
il avec étonnement; je n'ai pas eu l'honneur
de vous y voir.

— Cela est assez simple, dit-elle, il faisait complétement nuit; d'ailleurs, je suis
partie peu de temps après votre arrivée.

— Vous connaissiez toutes les personnes
qui se trouvaient chez elle? dit Edgar un
peu troublé.

— Oui, presque toutes.

— Eh bien! je vous en prie, madame,
dites-moi qui était cette charmante petite
femme assise auprès de ma tante, et qui avait
un joli chapeau blanc, un grand schall....

— Cette petite femme! interrompit Valentine en riant, mais c'était moi.

— C'était vous? s'écria vivement Edgar,
Ah! quel bonheur!

Il se repentit de cette exclamation de joie
qui venait de lui échapper; puis il ajouta :
« Comment se fait-il que je ne vous aie pas
reconnue ?

— Ne vous en étonnez pas, répondit Valentine, c'est ma faute; je suis quelquefois
si différente de moi-même. Il m'est arrivé
de n'être pas reconnue le soir au bal par
des gens qui m'y cherchaient, et qui m'a-
vaient été présentés le matin. La sécurité
ou l'embarras font de moi deux personnes absolument contraires; aussi je ne suis
jamais aimable avec ceux qui me déplai-
sent. »

A la place d'Edgar, tout homme eût ré-
pondu à cette phrase par un compliment,
mais ce n'était pas sa manière.

—« Vraiment, dit-il, je vous ai donc bien
déplu l'autre soir au spectacle.

Valentine sourit de cette conclusion un
peu insolente, et lui sut bon gré de lui avoir
épargné le compliment banal qu'elle prévoyait.

— J'avoue, répondit-elle, que ce soir-là
je n'ai pas pris de vous une très-bonne
idée... et que si je n'avais pas dû vous revoir...

— Je le crois bien, interrompit Edgar;
comment ne pas mal juger un homme qui
confond Mlle Georges avec Mlle Mars?

— Ah! dit Valentine avec finesse, c'est

encore plus pardonnable que de prendre
madame de Cilleray pour moi.

Edgar se rappela sa première méprise,
dont il ne s'était vanté à personne; il fut
très-étonné de voir que Valentine en était
instruite.

— En vérité, dit-il, j'ai du malheur; je
suis d'une maladresse qui n'a pas d'excuse;
je passe toute une soirée auprès d'une
femme croyant que c'est vous, et puis,
lorsque je suis assez heureux pour vous
rencontrer, je ne vous reconnais pas.

— Ne vous alarmez pas de ces fautes
graves, reprit madame de Champléry d'un
air encore plus malin; elles sont compen-
sées par la grâce avec laquelle vous saluez
les femmes que vous dites n'avoir jamais
vues. Au reste, ajouta-t-elle, on n'est pas
obligé de convenir que l'on connaît une

femme lorsqu'on n'a dansé qu'une fois avec
elle.

Edgar ne revenait point de sa surprise.
« Elle devine tout, pensa-t-il : est-ce que, par
hasard, elle aurait aussi un lorgnon comme
le mien ?

Eh ! non vraiment, elle n'avait de talisman que sa finesse ; mais quel talisman peut
égaler la pénétration d'une femme qui a
intérêt à deviner ?

Malgré son étonnement, Edgar était flatté
d'avoir été attentivement observé par madame de Champléry, et pensait avec plaisir
que, pour être si bien instruite de ses moindres démarches, il fallait qu'elle eût ques-
tionné Stéphanie. Il savait d'ailleurs que
l'ironie est souvent la coquetterie des femmes
spirituelles et sensibles, de même que la lan-

gueur est celle des femmes qui n'aiment
rien. Fier de ces premières avances, il voulut en profiter, et feignit de prendre au
sérieux cette malice, si grâcieuse qu'elle ressemblait à une préférence.

— Vous êtes bien sévère pour moi, madame, reprit-il d'un air triste, et pourtant
personne n'avait plus de prétentions que
moi à votre bienveillance, peut-être même
plus de droits.

— Comment cela ?

— Mon père, continua M. de Lorville
d'un accent pénétré, était un des meilleurs
amis de . . .

— De ma mère, dit vivement Valentine,
je le sais. Je me rappelle l'avoir vu souvent
chez elle dans mon enfance; mais j'ignorais
qu'il eût un fils.

— Elle le savait bien, elle, reprit Edgar, et plus d'une fois......

Il s'arrêta, comme s'il craignait d'en trop dire; mais le son de sa voix, ses regards, et tout dans l'expression de son visage, achevèrent d'insinuer une idée qu'il n'osait articuler.

Il était probable que la mère de Valentine, liée depuis long-temps avec le duc de Lorville, avait rêvé entre leurs enfans un mariage qui devait resserrer leur amitié; mais Edgar n'en savait rien, et s'il le laissait croire à Valentine, c'est qu'il savait à quel point cette croyance devait agir en sa faveur.

Personne n'excellait autant que lui dans ce charlatanisme délicat des gens habiles, qui consiste à insinuer une idée qui leur est avantageuse, sans se compromettre en l'exprimant ; ils seraient incapables d'un mensonge, mais ils savent profiter d'une erreur. Et comment aurions-nous le courage de détruire une illusion qui nous sert ?

Edgar n'avait pas encore le secret de madame de Champléry ; mais il connaissait déjà les faiblesses de son cœur. Cette jeune femme, si maussade auprès de sa belle-mère, loin d'elle retrouvait toute la grâce de son esprit. Le souvenir de sa mère l'agitait encore au sein des plaisirs du monde : donc pour lui plaire, il fallait médire de l'une et regretter l'autre ; et M. de Lorville, armé de ce moyen si simple, se croyait assuré du succès.

Edgar et Valentine avaient déjà ressenti plus d'émotion dans cette soirée que Sté-

phanie et son jeune prétendu n'en avaient
éprouvé depuis deux ans qu'ils s'aimaient.
Quelle différence entre ces agitations d'un
amour naissant, irrité par l'esprit, allumé
par une imagination brillante, et ce sentiment doux et sans trouble, cet espoir pa-
tient d'un bonheur certain, cette tendresse
insouciante d'un amour qui n'est éprouvé
par aucun obstacle?

Depuis qu'Edgar avait découvert que
madame de Champléry était cette même
femme qui l'avait charmé quelques jours
avant, elle avait recouvré tout son empire
sur lui; et sa joie fut bien grande lorsqu'en le reconduisant M. de Fontvenel, qui
les avait observés tous deux pendant la soirée, lui dit avec dépit : « Je ne sais, mon
cher, si elle avait un secret; mais je crains
que bientôt elle n'en ait deux. »

« De la jalousie déjà! » pensa Edgar, et il avait raison de se réjouir : il n'est rien de plus encourageant pour plaire que la prompte jalousie qu'on inspire.

XIV.

Le duc de Lorville pressait vivement son
fils unique de se marier. Edgar, désenchanté du monde qu'il connaissait trop
bien, éprouvait lui-même le désir d'une vie
d'intérieur et d'affection, le besoin d'avoir
un *chez lui* où il fût certain d'être attendu
avec impatience et toujours reçu avec plaisir : préoccupé de ce vague projet et d'un

choix encore plus vague, il désirait faire
l'acquisition d'une maison à Paris; et s'y éta-
blissait d'avance en idée, avec la femme
qu'il rêvait. Un matin, il se rendit rue du
Bac pour voir dans tous ses détails une
grande et belle maison qui était à vendre,
et dont il connaissait le propriétaire. Il était
onze heures; et à cette heure intime de la
matinée, pour de paisibles locataires, rien
n'est plus gênant que la visite inattendue
d'un acquéreur prétendant, qui, sous prétexte d'acheter une maison qu'il n'a pas
toujours de quoi payer, vient les déranger
dans leurs occupations de ménage ou d'affaires, vient observer leurs mœurs, leurs ha-
bitudes, et quelquefois surprendre leurs secrets. Heure propice aux querelles de famille,
où la mère gronde ses enfans et ses domes-
tiques, où le mari gronde sa femme, son
secrétaire, ou son commis; heure fatale où

se vérifient les mémoires, où se déclarent les projets d'économie, où se décident.les visites ennuyeuses qu'on fera le soir, où s'accomplissent enfin les devoirs les plus fatiguans, même pour une coquette : essayer une robe et répondre à un billet !

A peine M. de Lorville, accompagné du propriétaire, fut-il entré dans l'anti-chambre du rez-de-chaussée, la rumeur causée par son arrivée se fit sentir, non-seulement dans l'appartement où le propriétaire s'était fait annoncer, mais encore dans tous les étages supérieurs. Ce mot magique : « Voilà un monsieur qui vient voir la maison, » suffit pour jeter l'alarme dans tous les ménages ; ce cri d'effroi s'éleva rapidement du rez-de-chaussée au premier, du premier au second, du second au troisième, du troisième au quatrième ; là, il se perdit dans un

réduit modeste et laborieux, où la vie commence avec le jour, et où cette heure ef-
frayante, cette heure si matinale pour tout
le reste de la maison, est l'heure convenable
pour les visites du matin.

Les habitans du rez-de-chaussée étaient
à déjeuner, lorsqu'on les prévint de l'arrivée de M. de Lorville. Ils parlaient tous
très-haut et à la fois, comme des gens qui
se querellent; mais soudain les voix s'adou-
cirent, et le plus grand silence succéda à ces
clameurs de famille.

Edgar et le propriétaire passèrent dans
le salon, où on les pria d'attendre un moment.

— Cet appartement est considérable,
comme vous le voyez, dit le propriétaire;
il est loué au marquis de Châteaulancy,

pair de France; il y a fait beaucoup de dé-
penses l'année dernière, et y donnait des
fêtes admirables. Trois cents personnes peuvent tenir ici sans être foulées; mais maintenant il boude, il ne veut plus donner de
bals, sous prétexte que les *glorieuses* l'ont
ruiné. Il met des lits dans tous mes salons,
pour coucher ses enfans qu'il a retirés du
collége. C'est un carliste; voyez plutôt, on
le reconnaît à son journal. » Et il montrait
la *Gazette de France* ouverte sur la table.

— En effet, reprit M. de Lorville, voici
sur cette console un buste bien courageux. »

En ce moment le marquis entra; il était
pâle comme un homme qui vient de se
mettre en colère, mais grâcieux et poli
comme un homme qui sait se contraindre.

— Pardon mille fois, messieurs, dit-il,

de vous recevoir dans une chambre si en
désordre.

— C'est à moi à vous faire des excuses,
dit le propriétaire; je crains de vous déranger; mais M. de Lorville, ajouta-t-il en
désignant Edgar, désire acheter cette maison, j'ai pris la liberté de l'amener... Peut-
être sommes-nous venus de trop bonne
heure?

— Non vraiment, reprit le marquis sans
regarder le propriétaire; puis, s'adressant à
M. de Lorville, il lui dit quelques mots avec
cet air bienveillant d'un homme de bonne
compagnie qui parle à un de ses égaux, tandis qu'il avait avec le propriétaire cette
politesse affectée et séparante qui semble
dire : « Vous n'êtes pas des nôtres. »

On visita successivement toutes les cham-

bres du vaste appartement. En traversant
la chambre à coucher de la marquise, M. de
Lorville aperçut une femme assise devant
un secrétaire, et occupée à écrire attentivement une lettre dont le brouillon était devant elle. Curieux de savoir ce qu'elle écri-
vait, et d'où venait le trouble qu'il avait
remarqué dans cette famille, Edgar lorgna
la marquise sans qu'elle s'en aperçût, et lut
dans sa pensée ces mots qu'elle allait tracer :

« Nous serions fort honorés, mon mari
et moi, d'avoir pour gendre un homme tel
que vous; mais d'anciens engagemens.... »

Edgar n'en put lire davantage, la marquise s'étant levée pour le saluer; mais se
doutant bien que cette lettre avait dû être
concertée avec le marquis, il se mit à le
lorgner à son tour :

« Non, en vérité, pensait-il, ma fille ne

sera point la femme d'un mauvais parvenu. J'ai beaucoup perdu à la révolution, il est vrai ; mais tant que je vivrai, jamais une Châteaulancy ne s'appellera la comtesse *Chapotier!* »

Un moment après, une jeune fille traversa le salon en pleurant, et M. de Lorville sut alors tous les secrets de cette famille, et même tous les inconvéniens de cet appartement ; car, s'il avait été mieux distribué, la pauvre enfant ne se serait pas vu forcée de passer par le salon pour rentrer chez elle, et de montrer ses larmes à des inconnus.

Au premier étage demeurait un ancien préfet de l'Empire, précisement ce même comte Chapotier, dont le fils aîné, jeune homme spirituel et distingné, avait su plaire à mademoiselle de Châteaulancy, et venait d'être si cruellement éconduit.

Le cõmte Chapotier, qui ne savait rien
des amours de son fils aîné, s'inquiétait
beaucoup de celles de son second fils, jeune
homme vif et décidé, qui paraissait difficile
à conduire. Lorsque M. de Lorville et le
propriétaire entrèrent dans le cabinet du
comte, le jeune officier, assis dans un bon
fauteuil, lisait tranquillement son journal
(c'était le *Temps*), sans paraître écouter le
sermon que son père lui faisait avec gra-
vité, debout devant la cheminée, dans une
attitude à la fois paternelle et préfectorale,
tout-à-fait convenable à la circonstance. Au
moment où la porte s'ouvrit, il prononçait
ces mots : « Vous n'y pensez pas, mon fils,
cela est impossible. » Voyant entrer quelqu'un, il s'arrêta; puis, après avoir adressé
au propriétaire une phrase insignifiante,
d'un ton protecteur et insolent, il allait re-
prendre son sermon où il l'avait laissé, lors-

que le nom de M. de Lorville attira son
attention ; alors ses manières changèrent,
et il fit voir lui-même toutes les pièces de
son appartement au fils du duc de Lorville,
avec une politesse pleine d'empressement
et de douceur.

— Cette maison est fort belle, et nous
serions bien heureux de vous avoir pour
propriétaire, disait-il, sans s'inquiéter du
vrai propriétaire, qui était là, et à qui ce
souhait devait paraître peu aimable. Les
appartemens sont superbes, les salons vas-
tes ; l'anti-chambre peut contenir un grand
nombre de laquais, tout y est grandiose,
mais il faut être riche pour l'habiter. Le
comte parlait depuis un quart d'heure ;
Edgar, étonné d'un rapprochement singulier, ne l'écoutait point ; il était tout occupé
de la découverte qu'il venait de faire. Pen-

dant le di cours du père, il avait lorgné le fils.

—« Mon père est fou, pensait le jeune hommé rebelle; m'empêcher d'épouser Angeline, et cela parce qu'elle est la fille d'un avocat! me soutenir qu'un avocat n'est qu'un bavard qui vend ses paroles, qui ment pour de l'argent; un marchand de phrases, un fabricant de paradoxes; que tous les avocats sont des brouillons, qui ont perdu la France avec leur jargon politique; et mille extravagances de ce genre, comme si nos plus célèbres magistrats et la plupart de nos grands hommes, n'avaient pas tous commencé par être avocats; comme si les avocats ne s'étaient pas montrés à toutes les époques de notre histoire, les plus redoutables ennemis de l'arbitraire et des abus, enfin comme si l'éloquence n'é-

tait pas le premier pouvoir d'un gouvernement parlementaire! »

— Fort bien, se dit Edgar, le marquis
refuse sa fille au préfet ; le préfet refuse son
fils à l'avocat ; voyons un peu jusqu'où cela
ira, et à qui l'avocat va refuser sa fille.

XV.

L'avocat demeurait au second; car, on trouvera sans doute la chose surprenante, tous ces projets de mariage se tramaient dans la même maison. L'avocat reçut le propriétaire comme un ami; mais au nom de M. de Lorville, si connu à l'ancienne cour, il fit une grimace méprisante, qu'Edgar comprit à merveille.

— Je vous attends avec impatience, mon cher, dit l'avocat au propriétaire ; je suis malheureusement obligé de quitter votre appartement ; je n'y saurais demeurer davantage.

— Est-il bien vrai? demanda le propriétaire, alarmé de cette déclaration, quoiqu'elle eût plutôt l'accent d'un dépit que l'air d'une résolution positive. Quel motif peut vous décider à me quitter avant la fin de votre bail ?

— Je vais vous conter cela, reprit l'homme de loi ; puis s'adressant à Edgar : « Pardon, *monsieur Lorville*, si je vous laisse ; mais j'ai quelques mots à dire à monsieur. » Alors il emmena le propriétaire dans la chambre voisine, et lui parla quelques instans à voix basse, tandis qu'Edgar parcourait les journaux qui étaient sur la cheminée : *le Sténographe* et la *azette des Tri-bunaux*. Les discours de la tribune, les plaidoyers du barreau ! pensait-il, vérita-ble lecture d'avocat.

Une conversation à voix basse ne pouvait être long-temps soutenable pour l'homme de l'éloquence, et bientôt ce long discours dicté par l'indignation paternelle retentit aux oreilles de M. de Lorville ; et lui prouva que son talisman serait inutile en cette occasion :

— Je ne crains pas de vous le répéter, mon ami, il ne m'est plus possible d'habiter cette maison. Vous connaissez mon Ange-line? tendre fleur que j'ai vue grandir à l'om-bre, que je cultivai avec toute la *sollllici-tude* d'un père! Esprit, talens, grâce, beauté, jeunesse, que vous dirai-je, elle réunit tout; la nature semblait l'avoir parée elle-même dès sa naissance pour les fêtes de l'avenir,

pour les destinées les plus brillantes; moi-
même, par mes soins assidus, par mes nombreux travaux, j'avais su joindre les dons
de la fortune à ces prodigalités de la nature; j'avais su choisir pour elle un époux
digne d'assurer son bonheur. Charmé de
tant de vertus, séduit peut-être aussi par
l'idée de s'allier à une famille honora-
ble, dont le chef exerça vingt ans la plus
noble des professions, consacra son existence et ses talens à la défense de l'opprimé,
aux réparations des injustices, aux récon-
ciliations des familles, enfin, à ce qu'il y a
de plus saints devoirs dans la vie! heureux
et fier à la fois, ce jeune homme, dis-je,
pressait de ses vœux l'époque fixée pour
cette union; il ne manquait pour la voir
s'accomplir que le consentement de son
père, digne magistrat, qui, vous le savez, habite sous le même toit que nous.

(Alors élevant la voix comme s'il plaidait) :
Ce consentement, *messieurs*, était indubi-
table; mes souhaits les plus ardens allaient
être comblés ; le bonheur m'environnait
déjà de ses prestiges ; mon Angeline !.... »
Puis tout à coup le père indigné, rendu par
la colère à la réalité du langage, s'écria avec
véhémence : Eh bien ! mon ami, imagine-
riez-vous ce que fait cette péronelle? elle refuse un mariage si brillant, un parti si avan-
tageux : elle s'avise d'aimer sans me consul-
ter, sans l'aveu de ses parens ! elle aime, elle
aime ! et devinez *quoi*, s'il vous plaît !.....

Le propriétaire ne devinant pas du tout
et paraissant n'avoir aucune espérance d'y
parvenir. — Que dis-je, s'écria le père trans-
porté de colère! qui pourrait deviner une
semblable turpitude! elle aime..., je ne puis
prononcer ce mot..., un journaliste !... mon
cher, un journaliste ! un misérable petit

journaliste, un *fol l l liculaire*, un *li-
bel l ll iste!* Savez-vous ce que c'est qu'un
journaliste, mon ami? c'est un homme qui
vit d'injures, de caricatures et de calomnies,
pour qui rien n'est sacré, qui se moque de
votre femme, de votre nez, de votre perru-
que, de vos discours, de vos actions, de vos
infirmités, qui ne voit dans un événement
que le bon mot qu'il inspire, qui dévoile
les secrets de votre mé… ge pour s'en mo-
quer, qui fait des pointes sur les désastres,
des calembourgs sur les fléaux, des quoli-
bets sur votre mort et des *pochades* sur
votre enterrement; un monstre, enfin,
qu'on devrait bannir de l'ordre social; et
j'aimerais mieux donner ma fille à un galérien, oui, monsieur, à un galérien, que de
lui voir épouser un journaliste!

—De mieux en mieux, pensa M. de Lorville; maintenant il me faut savoir qui va

dédaigner le journaliste; et quoiqu'il fût
bien décidé à ne pas acheter cette maison, il témoigna au propriétaire le désir
de visiter les autres appartemens. Le propriétaire parut alors embarrassé :

— C'est absolument là même distri-
bution partout, dit-il d'un air contraint »
mais voyant M. de Lorville décidé à
monter jusqu'au comble : — Pardon ,
ajouta-t-il , je vais dire au portier de
vous accompagner là haut, si vous voulez
bien le permettre.... C'est qu'au troisième...
demeure une personne...avec laquelle je suis
un peu en délicatesse, et que je ne me soucie pas de voir en ce moment; mais je puis
vous dire cela, continua-t-il d'un ton confi-
dentiel, c'est la veuve d'un maître maçon,
qui voudrait se remarier, vous comprenez;
elle est assez belle en vérité, et ne manque pas
de fortune; mais vous concevez qu'un hon-

nète avoué, qu'un homme dans les affaires
comme moi, ne peut succéder à un maître
maçon. »

Étourdi de ce quatrième dédain si inattendu, M. de Lorville sentit son sérieux l'a-
bandonner, et pour dissimuler sa gaîté, il
franchit rapidement l'escalier du troisième
étage, sans écouter le propriétaire qui lui
criait d'attendre son conducteur.

Edgar ne s'arrêta que peu d'instans chez
la veuve du maçon. Cette visite ne lui offrit
rien de remarquable, si ce n'est un berret
de velours bleu de ciel et un collier de co-
rail, que la veuve coquette avait mis à la
hâte pour le recevoir, et le soin qu'elle
prit de l'appeler sept fois *monsieur le duc*,
pendant l'espace de dix minutes.

Il arriva bientôt au quatrième, devant la

porte du journaliste, et resta un moment à
réfléchir avant d'entrer, cherchant une manière facile d'engager la conversation et de
prolonger sa visite. Comme il était là immobile et hésitant, la porte s'ouvrit, un enfant
de dix ans, coiffé d'un bonnet de papier et
tenant un paquet de livres sous le bras,
sortit alors brusquement; M. de Lorville l'ar-
rêtant, lui demanda si le journaliste était
chez lui : *yes*, répondit l'enfant d'un air ef-
fronté, charmé de savoir un mot d'une lan-
gue étrangère ; puis sautant sur la rampe
de l'escalier, le petit garçon imprimeur le
descendit quatre à quatre en chantant la
Parisienne, et en faisant le plus de bruit
qu'il lui fut possible.

L'enfant ayant laissé toutes les portes ou-
vertes en s'en allant, M. de Lorville entra
sans crainte d'être remarqué, et jeta un coup

d'œil sur une suite d'appartemens dont il commençait à connaître parfaitement la disposition. La salle à manger était tapissée de gravures et de lithographies; le salon, qui servait de bibliothèque, était encombré de livres; la table était inondée de journaux; on y voyait un buste de l'Empereur, plusieurs portraits d'auteurs illustres : ceux de M. de Chateaubriand, de madame de Staël, de M. de Lamartine, de M. Victor Hugo. On remarquait çà et là des tableaux précieux, qui auraient été admirés dans la plus belle galerie, et qui prouvaient que l'habitant de ce modeste réduit avait pour amis nos artistes les plus célèbres.

En s'approchant, Edgar aperçut dans la chambre à coucher deux épées suspendues au mur, des poignards, des flèches, des armes de différens pays; il s'aprocha encore et vit

assis devant un bureau, un jeune homme qui
paraissait plongé dans une profonde médita-
tion ou dans un grand désespoir. Plusieurs
dictionnaires, plusieurs livres d'histoire, que
l'on reconnaissait à leur pesante forme étaient
ouverts sur la table autour de lui, et annon-
çaient qu'il travaillait à un de ces longs ou-
vrages qui exigent des recherches. Le jeune
écrivain se frappait le front de temps en
temps avec impatience, et M. de Lorville s'a-
musait à contempler cet homme d'esprit en
travail d'une phrase et aux prises avec sa
pensée.

Si Edgar avait pu voir les traits du jeune
auteur, il aurait pris plaisir à suivre sur sa
physionomie, à l'aide de son talisman, toutes
les *aventures* de son idée ; à la voir grandir
et retomber, reparaître, pour être encore
repoussée, puis se soutenir à la surface

comme un nageur sur l'eau, s'avancer auda-
cieusement, se débattre avec les objections
comme lui avec les vagues, s'agiter, lutter
avec courage, puis enfin, arriver au bord, là
se bien secouer, se bien sécher, et découvrir... une île déserte !

M. de Lorville se serait complu dans cette
observation, mais elle était en ce moment
impossible ; il lui fallut s'avancer davantage
vers le jeune écrivain pour lire dans ses yeux
s'il méritait qu'on s'inquiétât de sa pensée.

❋

XVI.

—Je cra ns de vous déranger, monsieur,
dit Edgar au journaliste, qui se retourna
brusquement; je vois que vous êtes occupé. — Non, monsieur, je ne faisais rien;
je pensais.

Il appelait cela rien. Edgar voyant que
son hôte était de mauvaise humeur, commençait à se repentir de cette visite, et songeait à l'abréger. — Je désire, monsieur,
dit-il, savoir quel est... »

— L'auteur de l'article contre la pièce nouvelle? C'est moi, monsieur, je m'attendais à votre visite ; elle ne pouvait venir plus à propos, car je suis las de la vie, et je serais heureux de la risquer....

Edgar sourit de l'interprétation qu'on donnait à sa visite, et répondit : je ne viens point vous chercher querelle, monsieur; je ne suis point un offensé qui demande raison; je venais seulement voir cette maison dans le dessein de l'acheter; mais si vous tenez absolument à avoir une affaire ce matin, je puis vous rendre ce service.

Le journaliste sourit à son tour de cette réponse. La gaîté de M. de Lorville lui ayant inspiré de la confiance, il le pria de s'asseoir un moment près de lui; et la conversation s'engagea.

—Vous avez pour voisin un avocat distingué, dont la fille m'a paru bien jolie,
dit M. de Lorville, qui n'avait pas vu la fille
de l'avocat, mais qui savait se faire écouter
du journaliste en la vantant.

—N'est-ce pas, reprit celui-ci en dissimulant mal un air flatté, elle est charmante,
mais son père n'a pas autant d'esprit qu'on
lui en croit.

—En effet, il m'a paru avoir des préjugés qui....

—Lui? non. Oh! il n'a pas de préjugés,
reprit le journaliste; et M. de Lorville
sourit.

—Vous croyez, dit-il; cependant il m'a
paru plus que malveillant, pour tout ce qui
tenait à l'ancienne cour, en général, pour
toute la noblesse.

14

— Ah! quant à cela il a raison; ces gens-là nous ont fait assez de mal pour qu'on ait le droit d'en médire.

A ces mots, M. de Lorville ne pouvant réprimer un mouvement d'orgueil et saisissant l'occasion d'une petite vengeance :

— Je l'ai trouvé aussi, reprit-il avec malice, bien sévère pour les gens de votre profession, fort injuste envers les journalistes.

Eh mon dieu! je ne le sais que trop, s'écria le jeune écrivain, tréssaillant comme un blessé dont on vient de toucher la plaie; tous ces beaux parleurs, qui ne nous valent pas, nous dédaignent; je suis le *Paria* de cette maison. Mais il n'en a pas toujours été ainsi; ils se montraient moins fiers au jour du danger! voulez-vous savoir où étaient tous les braves politiques de cette maison pendant les *glorieuses journées* : ce marquis au lieu de secourir son roi, ce député préfet, au lieu d'être à la chambre, cet avocat au lieu d'être à son poste? ils étaient cachés, monsieur, oui, cachés dans cette chambre; ils s'étaient réfugiés ici sous prétexte d'avoir plutôt des nouvelles; mais dans le fait, pour y être en sûreté. Ils étaient là tous trois réunis par la peur, pendant que je signais des protestations, que je recevais des coups de fusil, qu'on m'improvisait l'aide-de-camp d'un général bien connu, pour rétablir l'ordre dans Paris; et ils m'appelaient leur libérateur, brave jeune homme, et ils criaient honneur aux journalistes; les journalistes avaient sauvé la France, depuis quinze ans ils éclairaient le pays; on devait tout à leur zèle, à leur courage; et aujourd'hui ils me méprisent! car eux seuls ont gagné à cette révolution qui m'a ruiné : l'ancien préfet vient

d'être nommé à l'une de nos premières pré-
fectures; l'avocat est conseiller, et la cour a
déjà fait des avances au marquis; on lui propose une ambassade que bientôt il acceptera,
je connais sa fortune, il n'a de quoi être fidèle qu'un an. Et moi, monsieur, je n'ai rien
obtenu; et ils me traitent de petit journaliste;
et ils m'en veulent de les avoir cachés, et
s'ils me saluent encore poliment quand je
les rencontre sur l'escalier, c'est qu'ils ont
peur de mon journal, et craignent d'y lire
un matin leur histoire.

Le jeune écrivain s'animait de plus en
plus en voyant qu'il était écouté avec intérêt. «Eh, sans doute, poursuivit-il, c'est
une misérable condition que d'être obligé
de barbouiller du papier pour se faire connaître, et de médire, tous les matins, d'un
gouvernement, pour qu'il fasse attention à

vous, et découvre enfin ce que vous valez.
Mais, que voulez-vous, il faut bien se faire
journaliste, puisque la seule puissance ac-
tuelle est dans la presse. Sous un Bonaparte,
monsieur, je me serais fait militaire; j'ai
vingt-quatre ans, je serais déjà couvert de
blessures, et peut-être colonel; mais, aujourd'hui que toutes les carrières sont ob-
struées, qu'on n'arrive à la réputation que
par le scandale, il faut bien se faire mettre
en prison, attaquer les ministres, dévoiler
les abus, dénoncer de prétendues injustices,
crier enfin, pour se faire entendre. La liberté de la presse, monsieur, c'est le soleil,
c'est le jour; elle éclaire tout également, sans
choix : tant pis pour ceux qui ont des
taches, qu'ils restent à l'ombre, elle les
montre, j'en conviens; mais aussi elle pré-
serve des embûches, et, si elle fait ressortir
les défauts, elle fait souvent valoir les qua-

lités. Le fait est qu'elle règne, qu'elle seule
est toute puissante, et qu'il faut bien avoir
recours à elle pour parvenir. »

« Ah ! monsieur, continua-t-il toujours
plus animé, si nous avions un Bonaparte,
un homme au regard d'aigle, pour nous
distinguer, nous choisir, pour deviner nos
facultés, les exalter, pour nous distribuer
les affaires à chacun selon nos talens, pour
comprendre nos idées, pour concevoir nos
plans et les exécuter; un homme habile,
qui sût faire comme lui un grand général
d'un paysan qui ne sait pas lire, et reconnaître un sage administrateur dans un
homme de vingt-cinq ans, nous ne serions
pas réduits, nous autres de la jeune France,
à vivre de taquineries et d'injures, à risquer
chaque jour, sans gloire, notre liberté et
notre vie, à nous faire enfermer pour nos

opinions, à nous battre pour nos écrits, à
traîner enfin une existence misérable entre
le bois de Boulogne et Sainte-Pélagie! Vous
ne savez pas, monsieur, quel supplice c'est
pour un jeune homme sans protecteur et
sans fortune que d'avoir des idées abondan-
tes, fertiles, ingénieuses; de les sentir faciles,
de les voir lumineuses, et de ne pouvoir les
faire comprendre à ceux qui auraient la puissance de les exécuter! Les moyens qu'on sent
en soi sont des remords quand on ne peut
les employer; la capacité de l'esprit est un
tourment, un poison, un feu qui dévore,
quand elle est inactive. Hélas! j'en conviens, monsieur, cette jeunesse oisive et
turbulente sera funeste au pays. Mais à qui
la faute? N'est-elle pas à ceux qui devraient
la diriger? On nous calomnie parce qu'on
ne sait pas nous conduire; on nous appelle
révolutionnaires, buveurs de sang, petits

Robespierre, et nous ne sommes que des ambitieux! Si nous rêvons la république, c'est qu'avec elle on a la guerre, avec la guerre on a la gloire, avec la gloire la fortune. Au lieu de s'épouvanter de nos rêves, qu'on nous donne des espérances; au lieu d'irriter notre ardeur, de la tourner en démence dangereuse, qu'on en fasse de l'héroïsme! rien n'est plus facile. La jeune France est comme ces jeunes coursiers fatigués d'un long repos, qui mordent le frein, écument, bondissent, renversent le cavalier inhabile, le foulent aux pieds, l'écrasent; mais qui, dirigés par une main sûre, arriveraient au but les premiers, et gagneraient le prix à la course. Oh! si j'avais seulement un peu de gloire, un peu de fortune; si je pouvais dire : *faites cela* au lieu de dire : *l'approuvez-vous*, rien ne m'arrêterait dans ma carrière, je braverais tous les obstacles, je franchirais tous les degrés, je serais bientôt préfet, député, pair de France, ambassadeur, ministre... Président.... Roi! »

—« En vérité, monsieur, je crois que vous deviendrez tout cela, dit Edgar, frappé de l'air impérieux du jeune homme et de son regard plein d'inspiration et de génie, et je veux d'avance me mettre en faveur auprès de vous. Moi aussi je prétends être des vôtres, et, s'il se trouvait par hasard quelques *actions* de votre journal à vendre, soyez assez bon pour me le faire dire; voici mon adresse. »

Le journaliste prit la carte de M. de Lorville; mais, après avoir lu son nom, il parut embarrassé et se repentit d'avoir été si confiant. Le duc de Lorville était connu de

toute la France comme un *ultra* imbu des
préjugés les plus gothiques. Après un moment de silence : — « Pardonnez mon étonnement, monsieur, dit à Edgar le jeune
écrivain; mais je ne m'attendais pas à trouver chez le fils de M. le duc de Lorville tant
de sympathie pour les idées nouvelles, et... »

— « Je sais, interrompit Edgar , que les
préjugés bourgeois contre la noblesse sont
aussi ridicules que les nôtres. »

— « Vous convenez donc que vos préjugés sont ridicules, et qu'on peut être un
homme distingué, un homme comme il
faut sans avoir cinq cents ans d'aïeux ? »

— Oui , reprit M. de Lorville , mais vous
m'accorderez à votre tour, qu'on n'est pas
toujours forcé d'être un imbécille parce
qu'on les a. »

— « J'en conviens de bon cœur, reprit le journaliste, et j'avoue que vous m'avez entièrement guéri de mes préventions contre les fils de ducs. »

— « Comme vous avez détruit les miennes contre les journalistes, reprit M. de Lorville avec cordialité.

Alors Edgar engagea le jeune publiciste à venir déjeuner chez lui le lendemain, avec plusieurs de ses amis, et ajouta de la manière la plus gracieuse : — »Un homme tel que vous, monsieur, ne peut rester long-temps inconnu; j'aime toutes les célébrités honorables, et vous voyez que je sais les rechercher d'avance. »

Ils se quittèrent charmés l'un de l'autre ; et ce fut une chose digne de remarque que cette désharmonie entre trois hommes d'un âge raisonnable habitant la même maison, et qui tous avaient exercé des emplois honorables, comparée à ce subit accord de deux jeunes gens, que la différence de leur fortune et de leur condition semblait devoir séparer.

M. de Lorville, qui sentait ce jeune homme au même rang que lui, commençait à croire que l'égalité était chose possible, et rêvait aux moyens, aux chances de la voir s'établir un jour partout. Ayant retrouvé le propriétaire au bas de l'escalier, il le suivit dans le jardin; et, après s'être promenés un moment, ils sortirent tous deux par une petite porte qui donnait sur une rue paisible. Edgar s'apprêtait à s'éloigner, croyant les observations de la journée terminées, lorsqu'il aperçut à quelque distance de là, un savetier dont l'échoppe modeste s'abritait, et s'appuyait sur le mur épais du jardin.

L'air de mauvaise humeur du brave homme attira son attention, et il voulut savoir pourquoi cet ouvrier d'un état si casanier, si tranquille, paraissait alors si vivement irrité, et menaçait du poing une grosse et belle fille, qu'on reconnaissait pour une marchande de fruits à son éventaire chargé de pêches et de poires. S'étant approché d'eux, il entendit ces mots :

— «Je te le dis, moi, *Vergénie*, que tu ne seras pas sa femme; que je ne veux pas pour gendre d'un *joueux* d'orgues, d'un vagabond qui n'a pas de domicile! que la fille d'un homme qui est en boutique ne *peus* être l'épouse d'un *ixtrion*, d'un *paladin* qui montre la lanterne magique, à qui veut, qui voudra! je te le jure, moi, vrai comme je m'appelle Grichard, vrai comme voilà une botte! tu ne l'épouseras pas. » Et le savetier, enflammé d'une juste colère, et pénétré de la dignité de son état, élevait au ciel son noble ouvrage, cette belle ruine qu'il réparait, comme un auguste témoignage du serment qu'il venait de proférer.

« Ah ! ceci est par trop fort, dit M. de Lorville en éclatant de rire, adieu mes beaux rêves d'égalité ! qu'est-ce donc que nos grands philosophes entendent par ce mot? comment le définir? ne serait-ce pas ainsi : mépriser tout ce qui est au-dessous de soi, et ne reconnaître d'égaux que ses supérieurs?

Depuis ce jour, Edgar ne passa point devant cette maison sans se rappeler les diverses observations qu'il y avait faites. En effet, cette maison à tant d'étages, était

l'emblême de la soci été, seulement le dédain s'y distribuait au rebours ; dans le
monde, il va en descendant, dans cette
maison, il allait en montant, puis il redes-
cendait aussi; car le jeune journaliste, du
haut de sa mansarde et de sa philosophie,
le rendait à chacun avec usure, et méprisait
impartialement, dans l'orgueil de son génie,
et le vieux marquis et le nouveau comte,
et l'avocat et le maçon, et le savetier et tout
ce qui habitait au-dessous de lui.

❋

XVII.

M. de Lorville cherchait avec soin les occasions de rencontrer Valentine; elles étaient fréquentes, madame de Clairange l'ayant engagé à venir souvent la voir, et de plus, Valentine allant presque tous les soirs chez madame de Fontvenel, à qui sa santé délicate permettait rarement de sortir.

15

Edgar ne manquait pas non plus les jours
où sa tante recevait, et madame de Montbert, étonnée de voir son neveu tout à coup
devenu si soigneux, et ne s'attribuant pas
l'honneur de l'attirer chez elle, chercha à
deviner pour quelle femme il y venait si
souvent.

—« Elle n'est pas encore ici, se dit-elle un
soir en voyant l'air ennuyé de M. de Lorville, espérons qu'elle va venir, sans cela il
m'en voudrait, et je ne le reverrais plus. »

Madame de Montbert eût été fâchée de
cet abandon, d'abord parce que son neveu
l'amusait, ensuite parce qu'elle était fière de
lui.

Tout à coup les deux battans de la porte
s'ouvrirent, et l'on annonça madame la marquise de Champléry. Le visage d'Edgar parut
rayonnant de plaisir.

— « C'est elle », pensa madame de Montbert.

M. de Lorville s'éloigna aussitôt, et alla
se mêler au groupe d'hommes qui causaient
à l'écart, pour ne pas intimider Valentine
par sa vue, dont il savait déjà toute la puissance, et pour ne pas la troubler dans ce
moment si terrible pour une jeune femme,
celui où elle entre seule dans un salon brillant, après y avoir été pompeusement an-
noncée. Madame de Champléry s'avança
gracieusement et avec un air d'assurance
qui surprit M. de Lorville. — « Comment,
se disait-il, avec tant d'aplomb dans les
manières, avec une si grande habitude du
monde, une femme peut-elle être quelquefois si facile à embarrasser? » C'est que
Valentine, sans arme contre l'embarras
inattendu, était pleine de courage pour
surmonter une difficulté prévue.

N'osant s'approcher d'elle, Edgar l'admirait en silence; jamais elle ne lui avait paru plus belle que ce soir-là. Une femme est toujours à son avantage chez une maîtresse de maison qui la protége. Madame de Montbert était pleine de bienveillance pour Valentine, et, ce qui était encore mieux, elle ne recevait pas sa belle-mère.

Mais une confiance plus douce encore embellissait aussi Valentine, une émotion joyeuse la rendait ravissante, même pour ceux qui en ignoraient la cause. Qu'était-ce donc pour celui qui lisait dans son cœur?

M. de Fontvenel aimait Edgar comme un frère, et se rappelant la grâce touchante avec laquelle il avait prévenu ses désirs dans une affaire importante, il rêvait sans cesse aux moyens de le servir dans ses projets, et de reconnaître la délicatesse de ses procédés en les imitant.

Il avait vu naître l'amour d'Edgar pour madame de Champléry, et, comme il savait Valentine défiante et facile à décourager dans son espoir de plaire, il s'était appliqué à la rassurer sur les sentimens d'Edgar pour elle, et à l'exalter dans sa tendresse naissante par tous les éloges d'une amitié passionnée.

— « Il vous aime, croyez-moi, disait-il, je ne l'ai jamais vu si sérieusement attaché. D'ailleurs je le connais, vous seule pouvez lui convenir. »

Ces aveux, faits pour un autre, lui coûtaient sans doute, mais M. de Fontvenel, dans son dévouement, n'osait plus aimer la

femme que son ami avait choisie, et il se
plaisait à lui faire un sacrifice digne de tous
deux, en faisant taire le ressentiment de
son amour-propre et les regrets de son
cœur.

C'est quelques instans après cette conversation que Valentine était venue chez
madame de Montbert, brillante de la plus
belle des parures, l'espoir d'être aimée.

Edgar parut bientôt aussi heureux qu'elle
en devinant sa pensée. Et n'est-ce pas être
deux fois heureux que de devoir à son ami
la tendresse de ce qu'on aime?

—Vous venez de chez madame de Fontvenel, dit Edgar en s'approchant de Valentine. Elle parut troublée à ce nom, comme
s'il avait signifié : — Je sais ce qu'on vient
de vous dire. » En effet, c'était un peu cela.

— Oui, je l'ai vue ce soir, répondit madame de Champléry, et fuyant l'embarras d'une émotion, elle s'éloigna précipitamment ; et dans son trouble, elle alla s'asseoir auprès d'une de ces femmes ennuyeuses, toujours solitaires ou errantes, auxquelles on ne parle que l'hiver, lorsqu'elles vont donner un bal, et qui toute l'année restent dans un abandon désespérant.

L'amour a de singulières terreurs, de pénibles caprices; lui seul, dans ses bizarreries, pouvait inspirer à Valentine l'idée de préférer la conversation de cette femme sans esprit qu'elle connaissait à peine, qu'elle évitait toujours, à celle d'un homme charmant et qu'elle aimait. Qu'elle est étrange cette passion dont le premier mouvement est de fuir ce qu'elle cherche, et le second de regretter ce qu'elle a fui !

A peine Valentine eut-elle reconnu auprès de qui elle était venue se placer dans sa distraction, qu'elle comprit toute l'étendue de son imprudence. Rester toute une soirée, confinée dans un coin du salon avec une personne désagréable, c'était un avenir effrayant; elle craignit aussi d'avoir offensé M. de Lorville en le quittant si brusquement, et elle leva les yeux sur lui pour voir s'il était fâché; mais la joie qui brillait dans les traits d'Edgar la rassura bientôt, et même elle l'irrita :

— Tous les hommes sont fats, pensa-t-elle; il croit, j'en suis sure, que je l'évite parce que j'ai peur de l'aimer, » et puis elle se mit à rire de son orgueil, en disant : eh bien! s'il croit cela, n'a-t-il pas raison?

Tandis qu'elle se livrait à ses réflexions, un *fashionable*, M. de Salins, vint à elle.

— Quelle coquetterie, dit-il, de se retirer
à l'écart, quand on est sûre d'être cherchée,
pourquoi se mettre ainsi à l'ombre quand
le grand jour sied bien ?

Satisfait de cette image poétique, le
jeune homme prononça ces mots de manière à être entendu de tout le monde, et
l'attention se porta sur madame de Champléry. Plusieurs personnes vinrent s'asseoir
auprès d'elle, il se forma un groupe d'é-
légans et de jeunes femmes et la conversation tantôt particulière, tantôt générale,
devint très-animée.

Malgré sa beauté et son esprit, les femmes aimaient Valentine, parce qu'elle savait
mieux qu'une autre faire valoir leurs avantages, et elles lui pardonnaient son amabi-
lité, parce qu'elle ajoutait à la leur.

Edgar, voyant madame de Champléry
si entourée, ne voulut point s'approcher
d'elle. Feignant d'être dominé par un sujet
politique que l'on discutait avec chaleur, il
s'appliquait à l'observer, en se rappellant
les différentes impressions que lui avait
fait éprouver avant de la connaître, c'est-à-
dire avant de l'avoir lorgnée avec attention.
Quant à ce secret dont on parlait tant, se
disait-il, je ne l'ai point encore découvert,
peut-être n'en a-t-elle point, ou du moins
si elle en a un, il ne l'occupe guère, car
je ne l'ai pas encore surpris dans sa pensée.

En cet instant de grands éclats de rire
partirent du groupe où était Valentine,
Edgar jeta les yeux sur elle : son embarras
et sa rougeur faisaient pitié.

Elle venait de dire sans le savoir un de ces

mots, une de ces plaisanteries à deux signi-
fications; l'une simplement spirituelle, et
l'autre plus que légère. Les hommes ne s'attachant qu'à celle-ci en riaient d'une manière embarrassante. Valentine, s'efforçant
de faire bonne contenance, continuait à
parler, et cherchait à réparer sa maladresse;
mais tout ce qu'elle disait y ajoutait, ce qui
arrive souvent en pareil cas; et les rires
augmentaient encore. Plusieurs femmes se
regardaient avec étonnement, tandis que
d'autres baissaient les yeux d'un air de modestie savante et indignée.

Edgar saisit son lorgnon, et bientôt il sut la
cause de tout ce trouble. Oh! que de bonheur
il y avait pour lui dans cette découverte! elle
acheva de l'enivrer. Le voilà donc, se dit-il
en souriant, cet étrange secret!» Jamais madame de Champléry ne lui avait paru plus

séduisante qu'en ce moment, parée de sa
gaucherie, de son trouble, de son impatience et de sa rougeur.

Aussitôt que cette première émotion fut
calmée, il s'approcha de Valentine, résolu
de venir à son secours et de la tirer de l'embarras où son ignorance et sa naïveté l'a-
vaient mise.

— Je reconnais bien là le pénétrant
Lorville, dit M. de Salins, il n'a pas entendu
ce qu'a dit madame, et je gage qu'il l'a
compris.

— Sans doute mieux que vous, reprit
Edgar avec une sorte de roideur, car, lorsque
me fait une femme l'honneur de me parler,
je ne comprends jamais que ce qu'elle a
voulu dire.

— Il est certain, reprit Valentine avec

empressement, que ces messieurs m'ont
prêté plus d'esprit que je n'en voulais avoir.

La manière digne dont elle prononça ces
mots, fit cesser toutes les plaisanteries ; et
la conversation, grâce aux soins de M. de
Lorville, ayant pris un autre cours, Valentine chercha à s'expliquer comment Edgar
placé si loin d'elle, avait pu comprendre le
trouble qui l'agitait, et la secourir avec tant
d'à propos. Cette bonté dans un homme
si malin, lui inspira une vive reconnaissance. Elle savait que M. de Lorville ne pouvait être si charitable que pour elle, et qu'il
se montrait toujours impitoyable pour l'embarras des femmes qu'il n'aimait pas.

Vers la fin de la soirée, Edgar vint s'asseoir auprès de Valentine de l'air d'une personne décidée à causer long-temps.

— Permettez-vous à vos amis de vous

donner des conseils, dit-il avec un sourire involontaire.

—Oui, répondit Valentine, mais je ne permets pas à tous ceux qui ont envie de faire de la morale, de se croire de mes amis.

—N'importe, c'est un droit que j'usurpe, et je vous conseille, entre nous, de ne jamais causer avec M. de Salins.

—Pourquoi?

—Parce qu'il a plus d'esprit que vous sur certains sujets, ou du moins parce qu'il a un genre d'esprit que vous n'avez pas. Vrai, vous pouvez m'en croire, sa conversation ne vous convient nullement; il n'y a pas d'homme plus dangereux pour vous, si ce n'est moi pourtant.

—Vous, dit Valentine en souriant, et pourquoi cela?

— Un homme qui devine est toujours
gênant ; mais rassurez-vous, les secrets que
je surprends me sont aussi sacrés que ceux
que l'on me confie.

— Mais encore, reprit Valentine d'une
voix émue, faut-il avoir un secret pour
vous craindre, et....

— De grâce, pas de fausseté vulgaire,
interrompit Edgar, ne cherchez pas à me
tromper, cela serait inutile, et ne combat-
tez pas ce pouvoir de pénétration que vous
m'avez rendu si cher. Si vous saviez comme
toutes vos pensées vous embellissent, combien elles dédommagent quelquefois de vos
paroles et vous rendent aimable, vous par-
donneriez à celui qui les devine.

— Ainsi, reprit Valentine cherchant à
vaincre son agitation, vous croyez que j'ai
un secret.

—Oui, répondit Edgar avec une sorte d'embarras.

—Et vous croyez l'avoir deviné?

—Oui.... ah! n'en rougissez pas.

Les regards de M. de Lorville étaient si pleins de tendresse en disant ces mots que Valentine fut trompée sur leur signification.

—Il a deviné que je l'aime, se dit-elle, et il pense que c'est là mon secret.

Ils causèrent ainsi, pendant quelques instants, en poursuivant chacun une idée différente; mais, comme dans le fond, leur émotion était la même, ils s'entendaient sans se comprendre. Valentine aurait bien voulu punir Edgar de la trop prompte confiance qu'il avait de lui plaire; mais il paraissait si heureux de cette assurance qu'il n'y avait pas moyen de la lui reprocher.

Cette soirée décida du sort de M. de Lor-

ville. Valentine venait d'acquérir en un moment plus de droits à sa tendresse, que ne
lui en auraient assuré des années de dévouement et de sacrifices.

Les imaginations poétiques trouvent des
trésors dans une idée; les cœurs exaltés ne
sont quelquefois épris que des circonstances,
et une femme laide, dans une situation romanesque, leur inspire souvent plus d'a-
mour qu'une beauté ravissante, dans une
situation vulgaire.

XVIII.

Edgar, préoccupé, ravi, ne songeait plus qu' à se rappeler les événemens qui expliquaient la situation de madame de Champléry. Il comprenait alors la cause de ce subit embarras qu'on remarquait dans ses manières, et qui souvent lui avait paru suspect. Il sut pourquoi la conversation de Va-

lentine était si vive, si enjouée avec les personnes dont le bon goût la rassurait, et
devenait au contraire si froide et si guindée
avec celles dont le mauvais ton était redoutable. Il se souvenait de plusieurs mots
équivoques dits par elle, qui l'avaient cho-
qué, et qu'aujourd'hui il justifiait si facilement. A ses yeux maintenant tous les défauts de madame de Champléry étaient des
grâces nouvelles qu'il chérissait comme des
preuves de sa candeur

Cette fois se disait-il, je suis récompensé
de ma tendresse; je n'ai pas été puni d'ôser
deviner. Je méritais à la fin une découverte
heureuse, j'avais jusqu'alors si mal choisi:
le secret de mademoiselle d'Armilly était son
ambition; celui de Stéphanie, son amour
pour un autre, mais celui de Valentine!!!
O mystère charmant!.... Comment se dou-

ter aussi qu'une femme se donne tant de
peine pour cacher son innocence!

. Valentine n'avait que dix-sept ans, lors
de son mariage qui se décida promptement
et d'une manière singulière.

Un matin Valentine était seule et pleurait
dans l'ancien appartement de sa mère. On
vint l'avertir que M. de Champléry désirait
lui parler, et l'attendait dans le salon pour
lui dire adieu. Elle courut à lui avec empressement.

— Vous partez, dit-elle d'une voix
émue; que vais-je devenir? Personne ici ne
m'aime, et ne me comprend que vous.

—Vraiment? dit M. de Champléry, qu'elle
est gentille! personne ne vous aime, dites-
vous, est-ce possible? Je croyais votre belle-
mère si bonne et si bien pour vous.

—Oh! elle est très-bonne, reprit Valentine avec tristesse, je ne me plains pas d'elle,
mais vous devinez... Ce n'est plus la même
chose.....

—Sans doute, j'entends, interrompit
M. de Champléry, voyant les larmes de
Valentine prêtes à couler; mais votre père?

—Oh! depuis qu'il s'est remarié, mon père
ne me voit plus avec plaisir; il m'en veut
de pleurer ma mère si long-temps, mes regrets l'offensent, il m'évite parce que je suis
triste et je vois bien qu'il ne m'aime plus.
Si vous savez combien je souffre dans cette
maison, dans cette chambre où mourut ma
mère, et que je vois habitée par une autre;
dans ces lieux remplis pour moi de souvenirs doux et déchirans!... Ah! je le sens, si je
reste ici plus long-temps, j'y mourrai.

M. de Champléry regardant Valentine,
fut frappé de l'altération de ses traits. Depuis quelque temps sa langueur augmentait
d'une manière inquiétante, et il craignait
pour cette jeune fille, l'effet d'une si longue
douleur. Comme il la contemplait avec tristesse :

—Vous le voyez, dit-elle, c'est à vous
seul que j'ose me plaindre, à vous seul que
je puis parler de ma mère que vous aimiez
tant, et vous me quittez! Où donc allez-vous?

—En Italie, les médecins m'y envoient.

—Comment, reprit Valentine, vous seriez malade, vous qui êtes toujours si joyeux?

—Enfant, dit M. de Champléry avec
un sourire triste, l'insouciance est une
vertu quand il n'y a plus d'espoir, c'est ce
que j'appelle la vraie philosophie; mais il ne

s'agit pas de moi, pauvre Valentine! Est-il
vrai que vous soyez si malheureuse!

— Oh! oui, dit-elle en sanglottant, je
suis bien malheureuse! tout vaudrait mieux
pour moi que cette vie de regrets et d'isole-
ment, que cette demeure de ma mère d'où
l'on veut chasser son souvenir, que ce tom-
beau où l'on m'enferme en me disant : Ou-
bliez-la!

Ému du désespoir de Valentine, M. de
Champléry réfléchissait au moyen de l'ar-
racher à cette existence si affreuse pour elle;
il resta quelques momens immobile, et
comme dominé par une idée dont il combi-
nait toutes les chances. Tout à coup son visage s'anima, sa résolution était prise, une
pensée dont il semblait fier venait de se fixer
dans son esprit. L'espoir d'une noble action

qui réparerait les folies de sa jeunesse, souriait à son imagination. La certitude d'inspirer à Valentine une reconnaissance et
une estime sans bornes, le bonheur d'u-
surper par l'élévation de son sacrifice, la
première exaltation de ce jeune cœur avant
l'amour ; l'orgueil enfin d'être la providence
d'une femme distinguée, dont il pressentait
la brillante destinée, le décidèrent à lui
consacrer sa vie, ou du moins le peu de
temps qui lui restait à vivre.

M. de Champléry qui avait fait toutes
les campagnes de l'empire, par suite de ses
blessures, était atteint d'une maladie mor-
telle qui ne lui laissait aucune espérance de
guérir. La mort qu'il avait tant de fois
bravée, comme soldat sur le champ de ba-
taille, ne l'effrayait pas plus alors qu'autrefois ; et la connaissance de son état dés-

espéré, n'avait rien changé à son humeur;
il avait peut-être même un peu plus de
gaîté, car l'avenir ne·l'inquiétait plus. La
certitude d'une mort prochaine lui paraissait presque douce en ce moment, où elle
lui offrait la chance d'un sacrifice généreux
qui assurait le bonheur d'une autre; le souvenir de la mère de Valentine l'encourageait
encore dans un projet que sa tendresse eût
approuvé, et M. de Champléry sentait
qu'en les dévouant au bonheur avenir de la
fille de sa meilleure amie, ses derniers momens seraient sans amertume.

« En épousant Valentine, se disait-il, je la
rendrai indépendante de sa belle-mère, et
bientôt ma mort la laissera tout-à-fait libre
d'aimer et de choisir. Je la chérirai comme
un père; je n'irai pas, vieillard égoïste et
ridicule, parler d'amour à une jeune fille,

dont les beaux rêves sont si respectables, les chimères si imposantes; je la laisserai pure à celui qu'elle doit aimer un jour, et lorsque après ma mort, un amour digne d'elle assurera son bonheur, elle me nommera avec respect à son jeune époux; alors elle comprendra la noblesse de mon sacrifice, et elle bénira dans sa reconnaissance, la mé-moire de son vieil ami. Ce sera la première fois, pensait-il en souriant, qu'une jeune veuve se remariera, sans chasser l'importun souvenir de son premier mari. »

Valentine consentit sans peine à ce projet qui la délivrait de ses chagrins présens, et elle accepta avec reconnaissance un sacrifice dont elle ne comprenait pas toute l'étendue, et qu'elle seule avait pu inspirer. Les personnes douées d'un esprit élevé, exercent à leur insu, une influence mystérieuse

sur ce qui les entoure. Elles jettent, pour
ainsi dire, un parfum de poésie dans l'atmosphère qu'elle respire, et dont on s'enivre
avec elles. Il est des sentimens mesquins
qu'on n'ose pas leur exprimer; des actions
vulgaires qu'il ne vient jamais à l'idée de
leur proposer. Un caractère noble est une
dignité qu'on encense malgré soi. Pour les
ames d'élite, on choisit ce qu'il y a de plus
grand, de plus beau, comme on présente
aux princes les mets les plus délicats; on
se change pour elles, on revet les qualités
qu'elles estiment, on se grandit pour les
atteindre; et l'on est surpris de concevoir
auprès d'elles des idées et des projets entièrement opposés à sa nature.

Le monde s'étonna de ce mariage, mais
voyant M. de Champléry joyeux, plein de
soins pour sa jeune femme, on ne devina

pas le peu de bonheur qu'il en attendait. Valentine et son mari passèrent une année en Italie; après quoi M. de Champléry sentant son heure approcher, désira retourner dans ses chères montagnes de l'Auvergne pour y mourir.

Ce fut une position difficile pour une veuve de dix-neuf ans que de se trouver lancée dans le grand monde avec toute la liberté d'une femme et toute l'ignorance d'une jeune fille. Avec son esprit et son bon goût, Valentine s'en serait tirée facilement, sans la crainte où elle était de voir son secret pénétré par sa belle-mère. Elle redoutait le parti romanesque que la minauderie de madame de Clairange tirerait d'une situation si singulière, et pour éviter le ridicule que ses élégies jetteraient sur son innocence, elle tombait dans le défaut contraire, et af-

fectait quelquefois de paraître comprendre
ce qu'elle ignorait complétement.

Ainsi tous les défauts de Valentine venaient
de cette femme prétentieuse et agitante,
dont la vue seule suffisait pour dénaturer
son caractère. La douceur monotone de madame de Clairange lui était si insupportable
qu'elle se faisait brusque et impatiente pour
éviter de lui ressembler; l'aspect continuel
d'une sensibilité de comédie lui faisait affecter une indifférence coupable pour tout
ce qui aurait dû l'émouvoir. Elle devenait
ainsi hyppocrite à l'envers, et elle s'étudiait
à cacher ses bons sentimens avec la même
fausseté que l'on met à dissimuler ceux dont
il faut rougir.

Combien un tel caractère devait plaire à
M. de Lorville ; quel charme il devait avoir

pour celui qui savait le deviner ! Edgar le sentit alors, nulle autre femme ne pouvait lui convenir davantage.

Les hommes d'un esprit fin et délicat sont plus difficiles à fixer que les autres. Les femmes fausses les désenchantent, les femmes naïves et qui ne cachent rien de ce qu'elles éprouvent, les ennuient. Il faut à leur pénétration quelque chose à deviner, un caractère loyal que des circonstances ont compliqué, un mystère sans cesse renaissant, mais qu'un sentiment pur et généreux explique toujours.

XIX.

Edgar, énivré d'espoir et plein de reconnaissance pour son talisman, l'employait
à deviner les vœux, les désirs de Valentine
et à les accomplir avant qu'elle eût pensé à
les exprimer.

Si l'on proposait une partie de plaisir,
qu'il savait devoir l'ennuyer, et qu'elle aurait acceptée par complaisance, il en reje-

tait l'idée avec empressement. Le spectacle où elle devait s'amuser, était toujours celui où il offrait d'aller, et madame de Champléry s'étonnait à tous les instans de la conformité de leurs goûts.

Il arrivait souvent à Valentine de refuser par délicatesse un plaisir qu'on lui offrait, et dont elle craignait de priver quelqu'un. Un jour qu'elle persistait à refuser une place à l'Opéra dans la loge de madame de Fontvenel, Edgar s'amusa à l'observer pour connaître la cause de son obstination : — Non, merci mille fois, disait-elle, vous savez que je déteste les premières représentations, la musique est en général mal exécutée, les acteurs ne savent pas leurs rôles, et puis il y a toujours deux intérêts, celui de la pièce, et celui du succès, et moi, je n'en sais suivre qu'un à la fois : j'ai l'esprit très-exclusif.

—C'est toujours cela, dit Edgar, et il se
mit à rire de la pensée de Valentine, qui
était; — Je ne veux pas accepter cette place,
on me forcerait à me mettre sur le devant de
la loge, madame de Fontvenel ne verrait
rien, et se gênerait pour moi; c'est dommage
pourtant, j'aurais aimé à voir le *Philtre* et
à entendre cette musique que l'on dit si
jolie. »

Edgar sortit aussitôt; il courut à l'Opéra,
à force d'intrigue il parvint à se faire louer
une loge déjà promise, et le lendemain Valentine reçut de madame de Montbert le
billet suivant :

« Mon neveu m'apporte une loge à l'O-
péra, pour la première représentation du
Philtre, en me disant que vous avez envie
d'y aller. Il sait me flatter en me donnant
l'occasion de vous faire plaisir. Cependant

croyez, chère Valentine, que je ne suis
pas aussi *vieille tante* que je veux bien le
paraître, ou plutôt je trouve que je ne le
suis pas encore assez. »

Ce billet embrouillé à dessein fit rêver
Valentine. Le soir, en voyant Edgar à l'O-
péra, elle éprouva un de ses accès d'embarras qui la rendaient si malheureuse. M. de
Lorville se plut à y ajouter.

— Vous voyez, dit-il, que j'aime à punir
la mauvaise foi, même quand un bon sentiment l'inspire : ainsi prenez garde à vous.

Madame de Champléry déconcertée ne
lui répondit que par un sourire : le moyen
de se fâcher contre la malice qui cherche à
plaire ?

Une autre fois, M. de Lorville exauçait
les vœux de Valentine, sans qu'elle les eût

indiqués par rien, pas même en exprimant
le contraire.

Elle venait d'admirer les nouveaux tableaux qui ornent le *Musée* cette année, et
se rappelant une des charmantes *vues de
Naples*, peintes par Smargiassi, elle se promettait d'acquérir ce tableau, dont le prix
encore modeste l'autorisait dans ce caprice.
Les tableaux de Smargiassi, pensait-elle,
vaudront le double dans deux ans, et les
acheter dans ce moment, c'est, en vérité,
faire une bonne affaire.» C'est ainsi qu'une
femme raisonnable trouve toujours un prétexte sensé pour se permettre une fantaisie.
Comme elle songeait à ce projet, sa calèche
fut arrêtée au coin d'une rue par un embarras de voitures, elle leva la tête et aperçut
à quelque distance un jeune homme qui la
lorgnait : c'était M. de Lorville; et le lende-

main, quand Valentine revint de la messe,
elle fut bien surprise de trouver en rentrant
chez elle, le tableau qu'elle avait tant admiré la veille et dont elle rêvait l'acquisition.

— Qui donc a envoyé ce tableau, demanda-t-elle aussitôt.

— Madame, c'est un commissionnaire
qui l'a apporté, sans dire de quelle part.

— Il n'avait point de lettre ?

— Non, madame, seulement il m'a remis
ce papier où se trouve l'adresse de madame,
pour prouver qu'il ne se trompait pas.

Valentine lut cette adresse; l'écriture en
était élégante, mais elle lui était inconnue.
Elle resta long-temps immobile devant ce
beau paysage, qui lui rappelait un des sites
de l'Italie qu'elle préférait; puis elle se mit

à réfléchir, à rêver, et à se demander comment il était là. M. de Fontvenel la surprit dans cette contemplation.

— Que vous avez eu raison d'acheter ce paysage, dit-il; je l'ai remarqué comme vous, il est enchanteur!

— N'est-ce pas, reprit Valentine, avec distraction : mais faisant un effort sur elle-même, et lui montrant l'adresse qu'elle tenait :

— Dites-moi, connaissez-vous cette écriture?

— Oui, sans doute : c'est celle d'Edgar; pourquoi rougir ainsi? c'est donc lui qui vous a envoyé ce tableau?

— Je ne sais, reprit Valentine avec embarras : il me plaisait extrêmement; j'avais le projet de l'acheter, mais je n'en ai encore parlé à personne, et je ne puis concevoir....

—Ah! vous connaissez bien Edgar, interrompit M. de Fontvenel, il aura deviné tout cela; c'est un homme étonnant! Savez-vous ce qu'il a fait pour moi?

—Non.

Alors M. de Fontvenel raconta comment Edgar lui avait donné les cinquante mille francs qu'il venait lui emprunter, avant qu'il eût eu le temps d'en faire la demande. — J'avais expliqué cette singulière aventure en pensant qu'Edgar avait été prévenu de mon inquiétude par mon vieux valet de chambre, qui, me voyant au désespoir, serait allé à mon insu demander secours à mon ami, en le priant de cacher cette démarche. Tout cela me paraissait naturel, mais je vois

depuis quelque temps ce phénomène de
pénétration se renouveler si souvent, que
je me perds dans mes conjectures. Il faut,
en vérité, que ce rusé Lorville ait un
talisman, ou des espions dans tout Paris,
pour savoir ainsi ce qu'on y pense; y a-t-il
long-temps que vous ne l'avez vu?

—Je l'ai rencontré hier, répondit Valentine, peut-être était-il comme nous au *salon*, et a-t-il remarqué à quel point j'admi-
rais ce tableau.

—N'importe, reprit M. de Fontvenel,
vous ne m'ôterez pas de l'idée que ceci
cache quelque chose d'extraordinaire.

—Mais, j'ai des scrupules, je l'avoue, dit
madame de Champléry; bien que M. de Lorville soit le fils d'un ami de ma mère, je ne

le connais pas assez peut-être pour accepter....

— Ah! gardez-vous d'attacher de l'im-
portançe à une chose si simple, et ne l'af-
fligez pas par un refus, il en serait si malheureux!

Vous croyez? dit Valentine en souriant.

XX.

Touchée de cette aimable attention, madame de Champléry présuma que M, de
Lorville viendrait le jour même chez sa
belle-mère, pour savoir comment elle avait
été accueillie.

Madame de Clairange attendait ce soir-là
beaucoup de monde, et Valentine se rendit
chez elle de bonne heure, mise avec re-

cherche, gracieuse comme une femme sa-
tisfaite de sa parure, et animée de cette
coquetterie confiante qui rend toujours
bienveillante et jolie. Peu de personnes
étaient arrivées lorsqu'elle entra chez sa
belle-mère, qui s'écria aussitôt qu'elle l'ap-
perçut : — Ah Valentine! que je vous attends avec impatience! Je compte sur vous,
ma chère, pour faire les honneurs de mon
salon, car il faut absolument que je vous
quitte. Je cours à l'instant chez ce pauvre
M. Laréal qui s'est cassé la jambe ce matin ;
son cabriolet a été accroché par un *Omni-*
bus, d'une si affreuse manière, qu'il a failli
être tué avec son cheval et son domestique ;
vous direz cela ma petite, à tous ceux qui
remarqueront mon absence.

— Mais tout le monde la remarquera
chez vous, Madame! dit Valentine, en s'ef-

forçant de ne pas sourire, et surprise de l'empressement de sa belle-mère à aller donner ses soins à une personne qu'elle connaissait à peine. Elle voulut lui en faire l'observation et dire quelques mots pour la retenir, mais voyant que madame de Clairange, décidée à sa bonne action, s'éloignait sans l'écouter, elle se résigna à jouer le rôle de maîtresse de maison, et se prépara patiemment à l'ennui d'expliquer à deux cents personnes, l'une après l'autre, pourquoi madame de Clairange, qui les avait invitées, n'était pas chez elle ce jour-là.

Valentine sentait d'ailleurs que sa belle-mère devait regarder comme une bonne fortune cette occasion éclatante de faire briller sa charité; en effet, n'était-ce pas une merveilleuse idée de madame de Clairange, d'avoir réuni chez elle les gens les plus distingués de Paris pour leur apprendre à tous, d'un seul coup, qu'elle était dévouée et bienfaisante, et qu'elle sacrifiait les plaisirs du monde à la douceur de soulager les malheureux.

Au commencement de la soirée, madame de Champléry raconta, avec assez d'exactitude aux dix premières personnes qui la questionnèrent, comment madame de Clairange avait été forcée de se rendre chez un de ses amis qui s'était cassé la jambe, et l'histoire du cabriolet, du cheval, de l'*Omnibus*, enfin tout ce qu'elle était convenue de dire. Mais elle n'avait pas prévu les nombreuses questions qu'un tel événement devait lui attirer.

— Eh quel est donc ce malheureux ami, lui demandait-on avec inquiétude?

— C'est M. Laréal.

— M. Laréal, dites-vous ? Ah !... Je ne le connais pas. C'est un de ses parens peut-être ?....

— Non, répondait Valentine, avec embarras, c'est..... c'est un Monsieur..... qui s'est cassé la jambe ; puis elle passait vite à une autre personne pour ne pas éclater de rire ; celle-ci lui disait aussitôt. — Madame de Clairange serait-elle souffrante ? je ne l'aperçois pas ici.

— Non, madame, elle se porte bien, mais elle est en ce moment chez un de ses amis malade.

— Ah mon dieu ! malade dangereusement ?

— Non pas, j'espère, mais c'est un acci-

dent.... une chute ; son cabriolet a versé et....
il s'est cassé la jambe.

— Qui s'est cassé la jambe ? Cet étourdi
de Guersey, je le parie, s'écrie M. de Fontvenel ; il a la manie d'avoir des chevaux si
vifs, si indomptables que cela ne m'étonne
pas.

Et M. de Guersey qui était dans l'autre
salon vint lui-même rassurer ceux qui dé-
ploraient son imprudence.

Tout le monde voulut savoir pour qui
madame de Clairange s'était si généreuse-
ment dévouée, et la pauvre Valentine fut
encore obligée d'articuler le nom de ce
M. Laréal que personne ne connaissait. Enfin, lasse de répéter sans cesse l'aventure
de l'inconnu qui s'était cassé la jambe, elle
se détermina à répondre que sa belle-mère
allait rentrer ; quant à ceux qui ne s'adres-

saient point à elle, persuadés qu'ils allaient trouver la maîtresse de la maison dans la chambre voisine, elle les laissait errer de salon en salon sans les troubler dans leurs recherches.

Mais bientôt chacun ayant accompli sa politesse en s'informant des nouvelles de madame de Clairange, oublia qu'il ne l'avait point vue; Valentine elle-même perdit le souvenir de cet accident, et se livra entièrement au devoir gracieux d'accueillir tout le monde avec bienveillance, de parler à chacun de ses intérêts, et d'animer par son esprit et la prévenance de ses manières, une réunion de jolies femmes et d'hommes remarquables par leurs talens et leur célébrité. Les conversations étaient brillantes; on s'amusait. Valentine qui n'était jamais aimable en présence de sa belle-

mère ne la regrettait nullement pour sa part.
Elle sentait tous les avantages que lui donnait cette liberté ; et, fière de la bonne
grâce avec laquelle elle s'acquittait de son
rôle, elle attendait avec impatience l'arrivée
de M. de Lorville pour paraître à ses yeux
dans toute sa valeur.

Elle était bien un peu confuse d'avoir à
lui parler de l'envoi de ce charmant tableau ;
mais elle avait tant de choses à lui dire,
tant de questions à lui adresser pour tâcher
d'apprendre comment il était parvenu ·à
découvrir qu'elle le désirait, que dans sa
joie et sa curiosité elle espérait se tirer facilement d'une difficulté si grande.

Si M. de Lorville fût arrivé en ce moment, il aurait été ravi de tout ce qu'elle lui
eût dit d'affectueux dans sa reconnaissance.
Malheureusement pour Valentine il vint

trop tard; et, circonstance encore plus fâ-
cheuse, ce fut madame de Clairange qui
l'amena; elle l'avait rencontré au moment
où elle rentrait.

— Le voilà! le voilà, s'écria-t-elle en s'a-
dressant à sa belle-fille; dites-lui combien
vous êtes heureuse de son aimable souvenir.
Que ce tableau est enchanteur, et que c'est
gracieux à vous d'avoir deviné que Valentine l'avait choisi! vous ne sauriez vous
imaginer tout le plaisir qu'il lui a fait. Elle
en pleurait de joie quand je suis arrivée
chez elle; je l'ai trouvée en comtemplation
devant ce souvenir. En vérité, ajouta-t-elle
en regardant Edgar d'un air fin, vous êtes
un homme bien séduisant; et je ne m'é-
tonne plus si l'on pense à vous....

Cette déclaration faite tout haut par la
belle-mère, déplut tellement à Valentine

qu'elle l'interrompit sèchement, et dit du
ton le plus dédaigneux : — Ce paysage est
charmant, je l'ai beaucoup admiré ; mais je
ne croyais pas que ce fût Monsieur..... et
elle désignait Edgar. — Qui l'eût choisi,
acheva M. de Lorville, vivement impatienté
à son tour, de voir cette attention mystérieuse devenir une chose publique, et vous
aviez raison, madame, ajouta-t-il, je ne
méritais pas l'honneur d'être soupçonné.

Malgré l'accent de dépit avec lequel il
prononça ces mots, il avait si bien l'air de
dire la vérité que Valentine finit par croire
que M. de Fontvenel s'était trompé, en reconnaissant l'écriture d'Edgar sur l'adresse
qui accompagnait le tableau ; et qu'enfin un
autre que M. de Lorville le lui avait envoyé.
Le désappointement que lui causait cette
idée la jeta dans une tristesse qu'elle ne put

cacher. Edgar, lui-même, était mécontent
de voir que madame de Champléry ne le
soupçonnait plus d'avoir pensé à elle, et de
s'être vu contraint, par le bavardage de sa
belle-mère, à la tromper. Quoiqu'ils fussent
fort innocens de cet ennui, tous deux s'en
punirent mutuellement. Edgar devint maussade, et Valentine prit avec lui un ton d'ironie froide dont il fut blessé. Ainsi ce tableau
offert avec tant de grâce, cette attention
ingénieuse qui aurait dû les rapprocher,
servit au contraire à les brouiller.

M. Narvaux, toujours empressé de des-
servir Edgar, se plut à augmenter le dépit
de Valentine.

— Vous voilà bien désappointée, dit-il
avec malice, vous espériez que cette *galanterie* était de M. de Lorville. Il est naturel
d'attribuer ce qui nous cause tant de plaisir

à qui sait nous plaire!» et voyant que madame de Champléry affectait de ne pas l'entendre : au surplus, ajouta-t-il, quand on fait aussi bien les honneurs d'une fête, on se doit d'avoir cent mille livres de rentes ; et puis vous seriez une si jolie duchesse! C'est dommage qu'Edgar ait le mariage en horreur.

— Pas plus que moi, reprit Valentine, forcée à la fin de répondre à cette lourde méchanceté.

— Qui parle mariage? demanda quelqu'un.

— Nous en médisons, répondit M. Narvaux. Madame ne comprend pas qu'une veuve se remarie.

— Mais si elle aime? dit à son tour M. de Lorville en se rapprochant d'eux.

— Il faudrait aimer à en perdre la tête,

répondit madame de Champléry, et encore
rien n'excuserait le sacrifice.»—Valentine dit
ces mots d'un ton si calme et avec une con-
viction si profonde, que M. de Lorville crut
sérieusement à sa répugnance pour un second lien; il s'étonnait de l'entendre causer
d'une manière si naturelle sur un sujet qui
aurait dû l'embarrasser. Edgar ne savait pas
encore jusqu'à quel point l'orgueil peut pa-
ralyser le cœur le plus sensible. Valentine
était sincère alors dans l'éloignement qu'elle
témoignait pour un second mariage, dans
la froideur qu'elle montrait à M. de Lorville;
il n'était plus pour elle cet homme aimable,
empressé de lui plaire, dont la conversation
avait pour elle tant de charmes, et qu'elle
préférait à tous, parce qu'il répondait à sa
pensée, sans qu'elle eût l'embarras de l'exprimer; ce n'était plus qu'un héritier qu'on
la soupçonnait de vouloir séduire par am-

bition, et pour être un jour duchesse. Sa coquetterie pour lui était déflorée; ce n'était plus comme autrefois par crainte de l'aimer qu'elle le fuyait, c'était avec sincérité, comme on évite un entretien pénible, un ami qu'on ne voit plus qu'avec contrainte et dont la présence cause plus de gêne que de plaisir.

Edgar remarqua bientôt ce changement, et comme la vérité a une puissance à laquelle on n'échappe point, il sentit tout ce qu'il avait perdu dans le cœur de madame de Champléry, et s'en affligea profondément. Triste et découragé, il comparait les manières froides et simplement polies, l'air calme et sérieux de Valentine avec cette voix émue, cette gaieté pleine d'agitation, cette coquetterie pleine de tendresse, qu'autrefois il remarquait en elle; et dans l'excès de sa tristesse il oublia le talisman qui pouvait lui dévoiler la cause de cette cruelle différence et peut-être le consoler.

Ainsi Edgar ne songeait plus au merveilleux de sa vie ; la réalité dans toute son amertume le dominait. Valentine n'éprouvait plus aucun plaisir à être près de lui, cela était visible, il le sentait, il en souffrait, et comment pouvait-il imaginer que ce changement qui le rendait si malheureux pût s'expliquer d'une manière favorable ?

M. Narvaux le voyant sombre et rêvant à l'écart, le faisait remarquer à madame de Champléry, — Savez-vous bien, disait-il, qu'il joue à merveille le sentiment ? En vérité cela ferait illusion.

Alors Valentine jetta les yeux sur Edgar et fut frappée de sa pâleur. — N'est-ce pas, continua M. Narvaux, si je ne le connaissais

pas si bien je pourrais m'y tromper. Au reste,
cette attitude de désespoir est fort convenable après la manière dont vous l'avez
traité aujourd'hui. »

A ces mots, Valentine sourit de dédain,
et M. de Lorville, ayant observé de loin ce
sourire, voulut savoir ce qu'avait dit M. Narvaux pour l'exciter. Enfin il se ressouvint de
son lorgnon, et l'appela à son aide : voilà
ce que pensait M. Narvaux.

« Eh mais ! je crois qu'il l'aime sérieusement, il serait capable de l'épouser : il faut
empêcher cela. »

Voilà ce que se disait Valentine :

—Quel dommage que M. de Lorville soit
si riche et qu'on ne puisse l'aimer sans paraître ambitieuse....; il serait si doux de passer sa vie auprès de lui dans la retraite !

Toute la conduite de madame de Champléry pendant cette soirée, fut alors expli-
quée. Edgar devina ce que son perfide ami
avait pu dire pour révolter la fierté de Valentine et glacer son cœur; et subitement
soulagé de sa peine, il reprit un air joyeux
dont chacun s'étonna. Madame de Champléry surtout en fut blessée; elle n'avait rien
dit pour faire naître cette gaîté soudaine;
elle avait droit de s'en offenser. Une femme
ne pardonne jamais à celui qu'elle aime la
joie qu'elle ne cause pas.

Ayant pénétré le sentiment d'orgueil qui
éloignait de lui Valentine, Edgar comprit
que ses soins pour elle seraient désormais
inutiles, que les témoignages de sa tendresse
seraient mal reçus; et il forma l'étrange projet d'engager madame de Champléry malgré
elle, de la contraindre à un mariage que sa

fierté lui faisait refuser, mais que dans le
fond de son cœur elle désirait, sans se l'a-
vouer à elle-même. Elle déteste l'embarras,
pensait-il : eh bien ! je lui éviterai celui d'un
aveu pénible. A quoi me servirait ce talisman, si ce n'était à prouver à une femme
qu'on ne croit pas tout ce qu'elle dit, et à
faire son bonheur malgré elle ?

Tout occupée de son nouveau projet, il
s'éloigna en souriant, sans parler à madame
de Champléry, et la laissa indignée de cette
bonne humeur subite qui succédait à une
tristesse si fastueuse.

Cette soirée commencée d'une manière
brillante, finit languissamment pour Valentine : elle ne se croyait plus aimée, tout
l'ennuyait. Mais de retour chez elle, en retrouvant le tableau qui lui rappelait toutes
ses espérances, les impressions de la ma-

tinée se réveillèrent; ses croyances repa-
rurent; elle examina de nouveau l'adresse,
et l'émotion qu'elle éprouva à la vue de
cette écriture, lui prouva que c'était celle
de M. de Lorville.

—Il a bien fait de nier qu'il me l'eût envoyé, pensa-t-elle, devant tout ce monde
que les exclamations de ma belle-mère
avaient attiré. Mais c'était lui, je n'en doute
plus! » Le sourire même qui l'avait offensée
lui parut alors tout naturel. Peut-être, se
disait-elle, il présume que M. Narvaux s'est
attribué l'honneur de cette prévenance qu'il
appelle si élégamment une *galanterie;* » et
riant à son tour de cette idée, elle se
promit d'en parler le lendemain à Edgar,
et de lui prouver qu'elle n'avait pas été
dupe de son mensonge.

Seule avec son amour, elle ne songea

plus à l'interprétation d'intérêt que le monde
pouvait lui donner; car le cœur, livré à lui-
même, a bien vite oublié toutes ces ambitions, toutes ces vanités de la vie, inutiles
dans un beau rêve.

XXI.

Valentine attendit vainement M. de Lorville le lendemain ; les jours suivans, il ne
parut point chez madame de Fontvenel, et
l'on resta huit jours entiers sans entendre
parler de lui. Madame de Champléry alar-
mée crut qu'il était fâché contre elle, et se
décida à faire une visite à madame de Montbert, espérant qu'elle lui donnerait des nouvelles de son neveu.

Elle en fut reçue si froidement qu'elle
resta déconcertée. Madame de Montbert,
remplie de zèle pour les intérêts de ses amis,
regardait comme autant d'offenses les secrets
et les sentimens qu'on ne lui confiait point.
Jeune encore, et d'une conduite irrépro-
chable, elle s'était résignée au rôle de confidente; mais elle y tenait, d'autant plus que
c'était une compensation; et voulant punir
Valentine de lui cacher sa tendresse pour
son neveu, elle se plut à lui répéter une
nouvelle qu'on débitait comme certaine, et
qu'elle savait devoir la désespérer.

— Avez-vous vu mon neveu, ces jours-ci,
demanda-t-elle à Valentine? de manière à la
troubler.

— Non, Madame, il y a bien long-temps
que je ne l'ai rencontré.

— Quoi! vous ne l'avez pas vu depuis son retour?

— J'ignorais qu'il fût parti.

— Ah! il n'est resté que huit jours absent. Mais je vous croyais mieux informée, ajouta madame de Montbert en fixant ses yeux sur Valentine, comment vous ne savez pas qu'il est allé à Lorville chercher le consentement de son père?

— Le consentement de son père? répéta Valentine dans une anxiété visible.

— Sans doute, pour son prochain mariage.

A ces mots Valentine se sentit pâlir; cependant elle trouva encore assez de courage pour répondre d'une voix mal assurée :

— Je ne savais pas qu'il dût se marier si tôt... Et qui va-t-il épouser?

— Mademoiselle de Sirieux, dit-on, car pour moi je n'affirme rien positivement, ajouta madame de Montbert ayant pitié du trouble de Valentine; j'avoue même que j'avais une autre idée... et que, lorsque l'on m'a parlé de son prochain mariage, le sachant fort occupé de vous, j'ai cru d'abord que c'était.....

— Moi, madame? interrompit vivement madame de Champléry, je ne songe nullement à me remarier, et mademoiselle de Sirieux, qui est fort belle et fort riche, lui convient beaucoup mieux que moi.

— Rassurez-vous, ma chère, reprit madame de Montbert avec ironie et blessée de cette feinte indifférence; vous n'aviez pas à

craindre ce danger; mon neveu nous a déclaré
l'autre jour qu'il avait un préjugé invincible
contre les veuves; et que la femme qui avait
été celle d'un autre ne serait jamais la sienne.

Valentine ne témoigna aucun dépit de
cet avis donné pour la fâcher, et madame
de Montbert, s'étonnant de voir sa petite
malice perdue, ajouta : — Je ne sais pas ce
qu'il faut croire de ce bruit; ce qu'il y a de
certain, c'est qu'il y a deux ans, mon frère
désirait extrêmement ce mariage pour son
fils; et que j'ai reçu ce matin une lettre de lui,
dans laquelle il se félicite du bonheur d'Edgar et du plaisir qu'il se promet lui-même
de voir son vieux château rajeuni par la présence d'une belle-fille aimable. Cette lettre
est sur ma table, et je puis vous la montrer;
mais elle ne nomme personne, et peut-être
n'est-ce pas mademoiselle de Sirieux qu'Ed-

gar doit épouser..... Peut-être n'était-ce
qu'un dépit, et l'a-t-on fait changer d'avis
promptement.

— Pourquoi cela, reprit madame de
Champléry avec dignité, et répondant à
tout ce que ce peu de mots voulait dire.
Si ce mariage convient à sa famille il n'y a
pas de raison pour l'en détourner.

Heureusement pour Valentine on vint interrompre cette conversation pénible qu'elle
ne se sentait plus la force de continuer. Elle
sortit de chez madame de Montbert en
affectant un air grâcieux et indifférent ;
mais dès qu'elle fut dans sa voiture ses
larmes coulèrent en abondance.

La nouvelle de ce prompt mariage lui
semblait devoir être certaine ; l'aversion
qu'elle avait témoigné pour un second lien

suffisait à ses yeux pour avoir découragé
Edgar, et l'avoir décidé en faveur d'une
autre. Elle savait que le duc de Lorville sou-
haitait vivement de marier son fils pour le
garder auprès de lui, se trouvant fort isolé
depuis la perte de ses places à la cour, de ses
intérêts de vanités qui lui tenaient lieu d'affection. Elle savait aussi que M. de Sirieux
était son ancien ami, que cette alliance leur
convenait à tous ; et elle trouvait tout simple
que, désespéré dans son amour, Edgar cher-
chât à faire le bonheur de sa famille par une
union qu'elle désirait. D'ailleurs ce voyage
d'Edgar pour aller chercher le consentement
de son père prouvait que la cérémonie était
prochaine ; et Valentine s'avouait avec douleur qu'elle n'avait plus d'espoir à conserver.

Sachant qu'il était de retour, elle pensa
qu'il viendrait peut-être le soir même

chez madame de Fontvenel; mais toute la soirée se passa sans qu'il y parût; chaque fois que la porte s'ouvrait la pauvre Valentine tressaillait, une lueur d'espérance se réveillait dans son cœur. Puis un indifférent entrait, et elle retombait dans son accablement. Stéphanie n'osait lui parler, de peur d'ajouter à son inquiétude, car elle-même commençait à s'inquiéter de la conduite capricieuse de M. de Lorville.

— Voilà comme vous êtes toutes, vous autres jeunes veuves, lui dit en rentrant chez elle madame de Clairange: Vous dédaignez les hommes qui s'occupent de vous, et puis lorsqu'ils se décident pour une autre, vous les regrettez.

— Eh, qui donc regretté-je, dit Valentine avec fierté?

— M. de Lorville, reprit madame de Clairange d'un ton d'humeur, jamais je ne me consolerai de vos dédains pour lui. Ce n'est pas ma faute, j'ai fait tout ce que j'ai pu pour vous engager à le bien traiter; mais vous n'avez pas voulu m'entendre; je suppose que c'est à cause de vous qu'il n'est pas venu faire part de son mariage à madame de Fontvenel.

— Mais peut-être n'est-il pas encore entièrement décidé.

— Si vraiment; il en parle lui-même comme d'une affaire conclue; personne n'en doute, et vous êtes la seule qui n'en soyez pas convaincue. Ah! vous pouvez vous vanter d'avoir manqué-là une bien belle destinée!

A ces mots elles se séparèrent. Valentine, restée seule, réfléchit sur la conduite d'Edgar envers elle. Tantôt elle le haïssait et l'accusait de la plus cruelle fausseté, tantôt elle le justifiait par la froideur apparente qu'elle avait toujours mise dans ses manières avec lui. « Hélas ! disait-elle en pleurant, comment pouvait-il deviner que je l'aimais ! je lui cachais toutes mes émotions, je l'évitais sans cesse, et je répondais en riant et avec légèreté à tout ce qu'il me disait d'affectueux ! Ah ! s'il pouvait savoir ce que je souffre en ce moment, sans doute il aurait pitié de ma douleur ; peut re même en serait-il heureux ? »

Cette pensée la plongea dans un chagrin qu'elle n'avait pas encore éprouvé ; combien elle se trouvait punie alors de cette dissimulation qui lui fesait cacher les sentimens qui peuvent seuls rassurer et séduire ! Combien elle détestait alors son caractère

orgueilleux et timide, qui lui coûtait l'a-
mour du seul homme qu'elle pût jamais
aimer !

Elle se figurait aussi cet aimable Edgar
auprès de sa nouvelle épouse, empressé,
spirituel, ému comme elle l'avait vu tant de
fois. Il la choisit maintenant par dépit, disait-elle, mais bientôt il l'aimera tendre-
ment.... Hélas ! comme il m'aurait aimée !

Perdre le bonheur par sa faute, est la peine
la plus amère pour les personnes qui ont de
l'imagination. Un événement que le sort
leur envoie, si affreux qu'il soit, leur semble
moins douloureux ; un malheur désespéré a,
par son excès même, quelque chose qui les
calme ; mais un bien perdu, perdu par leur
faute, leur apparaît sans cesse paré des plus
brillantes images ; elles le ressuscitent à cha-

que instant, pour le perdre encore avec plus
d'amertume, et recomposent leurs doux rêves pour les voir s'évanouir encore. Ainsi Valentine se complaisait dans l'image d'un
avenir auquel elle ne devait plus prétendre ;
elle repassait dans sa mémoire les mots
qu'elle n'aurait pas dû dire, ou qui devaient
avoir été mal compris ; les sentimens, les émotions qu'elle se repentait de n'avoir pas laissé
deviner ; et toutes ses pensées s'abîmaient
dans ce travail inutile et désespérant.

❀

XXII.

Valentine passa toute la nuit sans dormir, à verser des larmes de regrets, d'a-
mour, et quelquefois de colère. Le lendemain, elle était si souffrante qu'elle voulut
rester au lit plus tard qu'à l'ordinaire; mais
on lui dit, qu'un vieux monsieur était venu
pour lui parler d'affaire, et qu'ayant appris
qu'elle n'était pas encore visible, il avait
promis de revenir vers midi.

Madame de Champléry se leva et passa dans son salon pour le recevoir.

— Je demande bien pardon à madame la marquise de la déranger si matin ; mais, dit-il avec un sourire, on est impatient ; et je tiens à ce que tout soit terminé pour ce soir. En disant cela M. Tomasseau, notaire, posa plusieurs papiers sur la table ; tandis que Valentine cherchait à s'expliquer le but de cette visite.

— J'ai passé chez le notaire de Madame, continua monsieur Tomasseau en feuille-, tant ses papiers ; il m'a dit que l'acte de nais-sance dont nous avons besoin était chez elle ; et je viens la prier de vouloir bien me le con-fier avant de.....

—Pardon, monsieur, interrompit ma-

dame de Champléry, mais je ne comprends
pas.....

— Madame peut être parfaitement tranquille ; nous avons tout préparé pour lui éviter l'ennui de ces formalités. Les femmes ont
raison de laisser cette peine-là aux hommes.
Aussi je n'en dirai que ce qui est indispensable. Le contrat a été dressé selon que nous
en sommes convenus. D'après les ordres que
lui a donnés madame la marquise, son notaire nous a fourni toutes les pièces néces-
saires, extraits mortuaires, état de succes-
sion, rien ne nous a manqué ; nous avons
aussi depuis hier le consentement de M. le
Duc, mais madame doit savoir cela.

— Comment ? dit Valentine, quel consentement ! quel duc ? Le notaire la regarda
avec étonnement et répondit ; eh mais, celui
de M. le duc de Lorville.

A ce nom, Valentine tressaillit, et répéta d'une voix troublée : le consentement de M. le duc de Lorville?....

M. Tomasseau confondu de l'air surpris de Valentine, crut s'être trompé. — N'est-ce pas à madame la marquise de Champléry que j'ai l'honneur de parler?

— Oui, monsieur.

— Alors c'est bien cela, continua-t-il. Madame ne savait donc pas que nous avions le consentement du père? Oh il ne se l'est pas fait demander deux fois, je puis l'assurer, car le jeune homme disait ce matin devant moi à un de ses amis, combien son père était heureux de ce mariage, qui depuis long-temps était l'objet de ses vœux.

Valentine croyait rêver; sans écouter le bavardage du notaire, elle parcourait les di-

vers papiers qui étaient sur la table, et à
chaque instant son nom et celui d'Edgar de
Lorville frappaient ses yeux comme une in-
concevable réalité.

Le notaire, tenace dans son devoir interrompit cette rêverie en réitérant sa demande,
et en priant madame de Champléry de lui
remettre son acte de naissance : malheureusement, disait-il, cette pièce est entre les
mains de madame, sans cela, je n'aurais pas
été obligé de l'importuner, car nous étions
convenus le jeune duc et moi de traiter tout
cela entre nous deux, ajouta-t-il en souriant.

— Mais il me semble que c'est bien ce
qu'on a fait, dit Valentine.

— Vous plaindriez-vous, madame, du soin
qu'on a pris de vous épargner cet ennui?

— Non, sans doute, monsieur... je suis

même fort reconnaissante de la peine que vous avez prise.... je vous en remercie ; mais je désirerais savoir.... » puis cherchant un prétexte pour se donner le temps d'expliquer une aventure si singulière:

—Je ne me rappelle pas bien, ajouta-t-elle, où j'ai serré l'acte que vous demandez. Je crois l'avoir confié à ma belle-mère avant mon départ, et dès qu'elle sera rentrée.....

— Je vous laisserai, madame, le temps de le retrouver, mais je tiendrais à l'avoir aujourd'hui, car la signature du contrat étant fixée à jeudi, nous n'avons plus que demain pour rédiger....

— Déjà! s'écria Valentine, malgré elle.

— Quoi, madame l'avait donc oublié; cependant M. de Lorville m'a bien assuré...

— Non, vraiment, reprit-elle, sentant combien elle devait paraître ridicule... mais j'ai été si troublée, ces jours-ci....

— Cela se comprend, à merveille, dit le notaire d'un ton grave; on ne se décide pas sans beaucaup d'émotion à un acte si solennel.

Cette réflexion fit sourire Valentine, en lui rappelant combien peu sa décision l'avait embarrassée; puis elle retomba dans sa rêverie, et se livra à mille conjectures pour expliquer l'étrange situation où elle se trouvait.

Alors M. Tomasseau s'apercevant qu'elle ne l'écoutait plus se leva en disant: j'aurai l'honneur de revenir demain chercher l'acte indispensable; cependant si madame le retrouvait plutôt, je la prie de vouloir bien le

remettre à M. de Lorville lui-même, qui doit
passer ici dans la matinée.

Ces derniers mots réveillèrent Valentine.
—Il doit venir ici ce matin, demanda-t-elle vivement. Vous en êtes bien sûr ? il vous l'a dit?
—Puis elle s'arrêta en songeant combien cette
question devait paraître singulière, et se rappelant l'étrange manière dont elle avait reçu
M. Tomasseau, elle sentit qu'il fallait re-
doubler de politesse envers lui, pour l'empêcher de prendre d'elle une trop mauvaise opinion. Elle le reconduisit jusqu'à la
porte, en lui adressant une foule de choses
obligeantes; mais tous ces soins furent inutiles; et elle le vit s'éloigner en hochant la
tête, d'un air de mépris notarial, qui voulait dire : « Cette femme-là n'entend rien aux
affaires ».

XXII.

Valentine n'eut pas le temps de se livrer à ses réflexions.

— Madame, venez vite, accourut lui dire sa femme de chambre avec inquiétude, madame votre belle-mère se trouve mal, elle pleure, elle a des attaques de nerfs, elle se désole, il faut qu'elle ait appris un bien grand malheur.

Valentine se rendit aussitôt chez madame
de Clairange, qu'elle trouva en effet au désespoir. — « C'est une indignité, s'écriait-
elle, c'est un monstre d'ingratitude! moi
qui l'aime tant, moi, qui ai toujours eu pour
elle la sollicitude d'une mère, moi qui l'ai
préférée à mes propres enfans, moi, qui
aurais sacrifié ma fortune et ma vie, pour
lui épargner un chagrin! me traiter comme
une étrangère! me laisser apprendre son bonheur, par un indifférent que j'ai rencontré
par hazard; me prouver que je ne suis pour
rien dans ce qui l'intéresse, et que je ne
compte pas même dans sa vie! Ah! c'est affreux! c'est impardonnable!

—Tout ce courroux est contre moi, pensa
Valentine; eh, mon Dieu, que dire pour me
justifier!

Madame de Clairange apercevant sa belle-

fille, prit tout à coup un air de dignité convenable à son offense.

— Vous osez encore vous présenter devant moi, dit-elle, vous ne rougissez pas de
votre faussté? Quoi lorsque hier je vous
parlais du prochain mariage de M. de
Lorville , vous avez feint de l'ignorer, et
vous n'avez pas su détromper mes regrets
en me confiant que c'était vous-même qu'il
avait choisie? Sans ce notaire que j'ai rencontré tout à l'heure en allant savoir de
vos nouvelles, je l'ignorerais encore. « Je
n'ai pas vu M. de Lorville depuis des siècles,
disiez-vous, je ne sais ce qu'il devient. » Et
tous ces mensonges n'étaient inventés que
pour faire dire au monde : « Cette belle-
mère qui prétend l'aimer si passionnément ,
ne s'est pas seulement inquiétée de son avenir ! Elle n'est pour rien dans ce beau ma-

riage; elle ne l'a appris que la veille ! Ah !
Valentine, je ne vous croyais pas si ingrate,
et je pensais au moins, par mes soins, et
ma tendresse avoir mérité plus d'égards ».

Valentine aurait voulu pouvoir répondre
à ces élégies en forme de reproches, et calmer le ressentiment de sa belle-mère, auquel elle n'était pas insensible ; mais chaque
chose qu'elle essayait de dire pour se justifier était si peu probable, si ridicule, qu'elle
aimait mieux passer pour coupable de mensonge que de révéler une vérité qu'elle-même
ne pouvait comprendre. Comment dire en
effet, qu'elle ignorait son mariage, que M. de
Lorville ne lui avait jamais rien dit de ce
projet, qu'il ne l'avait point priée d'y consentir ; et qu'il avait fait dresser lui-même,
tous ces actes si graves et qui inspirent si
peu la plaisanterie, sans l'en avoir préve-

nue, sans savoir enfin, si elle ne s'y oppo-
serait point? Personne n'aurait voulu la
croire, elle aurait passé pour une femme
dont on se moquait, et M. de Lorville, pour
un fou; elle qui connaissait le penchant d'Edgar pour les actions extraordinaires avait
confiance en lui; mais comment faire partager à une autre cette confiance, et tenter
d'expliquer une aventure sans pareille?

A chaque instant Valentine commençait
une phrase pour sa défense, puis elle s'arrê-
tait aussitôt, dans l'impossibilité de la prononcer, tant elle lui semblait ridicule. Tout à
coup cette grande indignation de sa belle-
mère, cette situation si incompréhensible,
cette apparition de notaire, tous les événemens de cette matinée lui semblèrent si comiques qu'elle se prit à rire malgré elle, et
s'enfuit comme un enfant de chez sa belle-

mère sans avoir pu trouver un mot pour la
consoler.

En rentrant dans son appartement, elle
trouva sa table couverte de dentelles, de
rubans, de bijoux, de fleurs, de schalls et
de tous les trésors d'une corbeille de mariée ;
Valentine, ayant regardé un des écrins, reconnut les armes de la duchesse de Lorville,
et comprit qu'Edgar avait mis dans sa
corbeille les diamans de sa mère. « C'est
bien lui, pensa-t-elle, et c'est bien pour
moi! Quel homme étrange! » A tout moment elle était interrompue dans ses réflexions par les exclamations de sa femme
de chambre qui ne pouvait se lasser d'admirer tant de belles choses.

Grâce aux gémissemens de madame de
Clairange et à la visite du notaire, tous les

gens de la maison étaient déjà instruits du
mariage de Valentine.

— Que madame sera belle avec ces diamans! s'écriait cette bonne fille qui chérissait sa jeune maîtresse; comme ils brillent!
Les beaux schalls! les jolis bracelets! Ah!
mon Dieu! que tout cela est beau et bien
choisi!... — Puis elle s'arrêta subitement
dans son admiration en ouvrant un des cartons qui se trouvaient sur la table; elle ne
put retenir un sourire dont elle se repentit aussitôt, et ces mots lui échappèrent :
« A une veuve! »

Madame de Champléry curieuse de savoir
la cause de ce sourire, donna un ordre à
sa femme de chambre pour l'éloigner. Dès
qu'elle fut seule, elle prit le carton; il lui parut plus élégant que ne le sont ordinairement
les cartons de fleuristes, même ceux des
corbeilles de mariage. Elle l'ouvrit et rougit

comme une coupable devinée en voyant ce qu'il renfermait.

C'était un bouquet de mariée, et le chaperon de fleurs d'orange que les jeunes filles ont seules le droit de porter le jour de leurs noces. Les fleurs étaient si belles, le carton doublé de satin blanc était si soigné, qu'on ne pouvait croire à une méprise, et d'ailleurs, M. de Lorville avait trop de tact et d'esprit pour être soupçonné de mauvais goût dans une semblable occasion. Valentine, tremblante, aperçut un billet parmi les fleurs; il contenait ce peu de mots : « N'ai-je pas deviné ? »

XXIV.

L'émotion de Valentine fut si profonde
en lisant ces mots, que des larmes s'échappèrent de ses yeux : elle sentait alors si vivement son bonheur qu'elle ne songeait
plus à l'expliquer. Malgré ce qu'il avait de
merveilleux, sa joie excessive, les batté-
mens de son cœur, ce feu qui colorait son
visage, cette émotion si naturelle, étaient

pour elle des preuves irrécusables d'un
bonheur réel dont elle ne pouvait douter.
Pour les cœurs qui sentent vivement, tout
ce qui les émeut est probable; de là vient
qu'ils croient aux songes, et pleurent encore à leur réveil l'ami dont ils ont rêvé
la mort.

Madame de Champléry, livrée aux pensées les plus énivrantes, fut rappelée à elle-
même par la voix de sa femme de chambre
qui lui demandait si elle ne voulait pas
s'habiller, en disant que tout était préparé
pour sa toilette. Valentine se souvint alors
que M. de Lorville devait venir, et se
hâta de passer dans sa chambre pour être
plus tôt prête à le recevoir. Le matin, en
s'éveillant, triste, souffrante, découragée,
quand mademoiselle Angélique était venue
prendre ses ordres, elle lui avait dit d'ap-

prêter une de ces robes sans conséquence, bien larges, bien vite attachées, et que l'on choisit de préférence les jours de pluie, de migraine ou de chagrin, enfin lorsque l'on veut être à son aise pour s'ennuyer; mais un tel costume n'était plus à la hauteur des circonstances : mademoiselle Angélique l'avait senti avec cet instinct des femmes de chambre qui n'est comparable qu'à celui du castor ou de l'éléphant; elle avait deviné que cette douillette, apprêtée pour le désespoir, ne pouvait plus convenir dans l'attente d'une si grande joie, et déjà une robe élégante et d'une blancheur éblouissante, un canezou tout neuf apporté de chez Mlle *Delatouche*, une ceinture nouvelle et du meilleur goût, un de ces rubans séduisans que la femme la plus économe ne peut se refuser furent, par mademoiselle Angélique, étalés en si-

lence, sans qu'aucun ordre de sa maîtresse
les eût évoqués.

Valentine aperçut tout ce changement,
et comme elle ne se souciait plus elle-même
de mettre la petite douillette qu'elle avait
commandée, elle n'eut pas la mauvaise foi
de la réclamer; elle sut bon gré à mademoiselle Angélique de lui sauver l'apparence
d'un caprice, et d'ailleurs il y avait dans
l'air joyeux de cette bonne fille quelque
chose de touchant qui plaisait à Valentine
en lui confirmant son bonheur. L'avenir de
ce brillant mariage rendait mademoiselle
Angélique pour sa part presque aussi heureuse que sa maîtresse. Elle se réjouissait
dans le fond de son ame de lui voir acquérir assez de fortune pour n'être plus obligée
de passer une partie de l'année dans cette
ennuyeuse Auvergne où elle avait si souvent

gémi de la suivre, et se figurait d'avance le
beau rôle qu'elle allait jouer au château du
duc de Lorville, fêtée, courtisée, adulée
par le valet de chambre, le maître-d'hôtel,
le chasseur, enfin par tous les dignitaires
de l'antichambre. Aussi, dans son enivrement, jamais elle n'avait habillé sa maîtresse avec plus de recherche et de coquetterie. Valentine, charmée de ces soins
qu'elle n'aurait peut-être pas osé prendre,
se laissa parer docilement, car elle était si
émue, sa main tremblait si fort, qu'elle ne
pouvait attacher une épingle sans se pi-
quer.

Ce petit supplice terminé, Valentine
resta seule, seule avec sa pensée! Oh!
qu'elle était douce cette pensée! Edgar devait venir à quatre heures, elle l'attendait!
Une attente douteuse est déjà un si vif plai-

sir! qu'est-ce donc quand on est sûre qu'il
va venir, quand il l'a promis?...

Madame de Champléry passa dans son
salon, le tableau de Smargiassi frappa ses
regards; elle se rappela soudain l'adresse
qui l'accompagnait, et compara cette écriture avec celle du billet joint au bouquet
de fleurs d'orange; elle vit que c'était la
même, et porta le billet à ses lèvres en s'é-
criant : « Qu'il faut m'aimer, pour deviner
ainsi tout ce que je pense! » Puis rangeant
divers objets sur les étagères de son élégant et modeste salon, elle songea que
M. de Lorville n'y était jamais venu, et
elle se demanda comment il se pouvait
qu'elle n'eût jamais reçu chez elle celui
qu'elle allait épouser. Alors, toute l'invrai-
semblance de sa situation lui apparut; le
doute commença à la tourmenter, mais

bientôt il fut dissipé : Edgar ne pouvait se jouer d'elle. Malgré l'originalité, la gaîté de son esprit, sa conduite et ses manières ne permettaient pas de le soupçonner d'une étourderie offensante. A vingt-quatre ans, M. de Lorville jouissait déjà de la considération d'un homme mûr; personne n'avait l'idée de le traiter légèrement : c'était une chose remarquable que cette expression de sévérité sur ce visage si jeune, si gracieux ; c'était un problème merveilleusement résolu que d'être imposant à son âge, avec un frac à la mode, avec un gilet de chez *Blain* et une canne de chez *Verdier*. Néanmoins les hommes les plus distingués lui parlaient avec déférence. Sous cette enveloppe d'élégant, ils devinaient un juge, un critique impartial, et l'impartialité est si imposante !

L'heure s'avançait, et madame de Champ-

léry sentait ses émotions se presser en foule
dans son cœur. Au moindre bruit elle fris-
sonnait; l'idée de le revoir, lui qu'elle aimait, lui qu'elle avait tant craint de perdre,
lui qui décidait de son sort sans la consul-
ter; cette idée, pourtant si douce, la jetait
dans un trouble impossible à décrire. Tout
autre femme à la place de Valentine se serait tirée de l'embarras de cette première
entrevue en feignant le dépit d'un petit orgueil étonné, en demandant si l'on avait le
droit de disposer ainsi de son avenir et de
son cœur, avant d'y avoir été autorisé par
son consentement. Mais Valentine était de
trop bonne foi pour se plaindre d'une
présomption dont elle était si heureuse,
et pour minauder sur une union qu'elle
désirait. Enfin Edgar ne pouvait être dupe
de cette finesse; comment Valentine au-
rait-elle cru pouvoir abuser celui qui avait

pénétré son secret d'une manière si incon-
cevable?

Quatre heures sonnèrent!.... Valentine
agitée sentit sa pensée se troubler; toutes
ses idées se brouillèrent; cherchant à se
remettre, elle prit un livre, et essaya de
le parcourir pour retomber ainsi dans la
réalité par l'imagination d'une autre. Elle
croyait avoir choisi un recueil de poésies,
mais après avoir lu un quart d'heure, elle dé-
couvrit que l'ouvrage qu'elle tenait était une
brochure sur l'hérédité de la pairie. Elle la
jeta aussitôt sur la table, car elle venait d'entendre un tilbury s'arrêter brusquement à
sa porte. L'oreille d'une femme qui attend
reconnaît aussi vite le pas du cheval *aimé*
que la voix qui lui est chère, et Valentine
qui avait tant de fois guetté l'arrivée de M. de
Lorville chez sa belle-mère et chez madame

de Fontvenel, ne put douter que se ne fût lui. Son anxiété redoubla ; l'émotion de la joie a ses angoisses, ses étouffemens comme celle de la douleur.

Elle entendit ouvrir la porte de l'anti-chambre, et la voix d'Edgar qui demandait si madame de Lorville était visible ; il se reprit aussitôt, « Madame de Champléry, veux-je dire. » Il voulait demander si madame de Champléry était chez elle, et dire son nom pour qu'on l'annonçât ; mais dans sa préoc-cupation, il avait confondu la question et la réponse, et Valentine ne put s'empêcher de sourire de sa méprise.

Ce sourire la soulagea. Bientôt tout le sérieux de son bonheur lui revint ; M. de Lorville fut annoncé, il entra, et la porte se referma sur lui.

Oh ! qui pourra se figurer le charme ré-
pandu sur toute la personne de cet aimable
jeune homme, paré de l'émotion la plus touchante, ennobli des sentimens les plus généreux. Que d'éclat il y avait alors sur ce visage si gracieux, triste à force de bonheur,
calme à force d'agitations, mais qu'un ré-
gard passionné enflammait ! Quelle douceur, quelle dignité dans son maintien,
quel air de protection caressante, de tendre
supériorité! D'où lui venait tant d'assurance ? de l'assurance avec l'amour ! elle lui
venait d'une conduite pure et sans calcul,
d'un dévouement dont il était fier; une
action noble nous donne tant d'aplomb,
tant d'autorité et tant de grâce!

Valentine avait essayé de se lever pour
recevoir M. de Lorville, mais elle était si
tremblante, qu'elle fut contrainte de rester

assise sur son canapé. Edgar vint s'asseoir
auprès d'elle, et resta quelques momens immobile à la contempler en silence. Magné-
tisée par ce regard, elle leva les yeux; jamais
elle n'avait paru plus belle qu'en cet instant.
Son teint éblouissant de fraîcheur, était
encore animé par tant de trouble, ses yeux
inspirés étaient à la fois doux et brillans; il
y a toujours tant de charmes dans le visage
joyeux d'une femme qui a pleuré! Edgar la
contemplait avec adoration : « Valentine,
s'écria-t-il d'une voix émue, que je suis heureux! vous m'aimez! — Au son de cette
voix si chère, que depuis long-temps elle
n'avait pas entendue, et qui disait son nom
pour la première fois, l'émotion de Valentine fut si subite qu'elle ne put retenir ses
larmes; pour les cacher, elle pencha son
front sur le bras d'Edgar qui la serra ten-
drement sur son cœur. Oh! comme il bat-

tait vivement ce jeune cœur où la joie était sans mélange ; extase, sympathie, enchantemens , délices inconnus des rêves ! un pareil moment vaut toute une vie !

Alors ils parlèrent de leur amour, comme tous ceux qui aiment, comme tous ceux qui ont aimé ; ils parlèrent avec confiance comme d'anciens amis, comme de nouveaux amans, ce qui se ressemble ; et Valentine s'étonna de se sentir si à son aise auprès de M. de Lorville qui lui faisait si peur ; car peu à peu elle s'était rassurée, peut-être en voyant que l'attendrissement d'Edgar était encore plus vif que le sien ; et puis les ames les plus craintives l'ont éprouvé, une émotion profonde triomphe aussi promptement de l'embarras qu'un grand péril de la timidité.

Quel bonheur, disait Edgar, de passer

notre vie ensemble ! Quelle douce harmonie
existera entre nous, qui nous entendons si
bien, qui avons les mêmes idées, les mêmes
sentimens, les mêmes goûts; je sais tout
cela, moi, je connais si bien votre cœur.
Me pardonnez-vous d'avoir eu tant de présomption, d'avoir osé deviner mon bonheur ?

Ces mots rappelèrent à Valentine tout le
merveilleux de la conduite d'Edgar, et réveillèrent sa curiosité, qu'une si grande
émotion avait un moment dissipée : « Il faut
bien que je vous pardonne, dit-elle, mais
expliquez-moi ce mystère, je vous en
conjure.

Edgar sourit et voulut lui répondre, mais
comment trouver des mots pour raconter
froidement le passé, quand elle était là,
si belle, si près de lui! enfin quel homme

serait jamais assez imprudent pour distraire
de sa tendresse la femme qu'il aime, par
des récits merveilleux?

Cependant les yeux de Valentine le ques-
tionnaient : Que vous importe? dit-il, avouez
que je ne me suis pas trompé, que vous
m'aimez; que je l'entende de votre bouche!
et un jour....

—Oh! dites-moi interrompit Valentine,
par quel prodige vous devinez ainsi toutes
mes pensées, même celle que je voulais me
cacher; ce mystère a quelque chose d'effrayant qui m'inquiète; je vous en supplie,
parlez; dites la vérité, de grâce, où j'en
perdrai l'esprit!

—Je ne le puis; j'ai promis le secret,
mais n'avez-vous pas confiance en moi?

—Non, reprit Valentine avec vivacité;

depuis quelque temps votre merveilleuse pénétration me tourmente ; il y a de la magie dans cette pénétration, à laquelle personne n'échappe. Ne riez pas de mon inquiétude, ajouta-t-elle d'un ton suppliant, je conviens avec joie de tout ce que vous avez lu dans mon cœur ; je vous aime, je suis heureuse, je l'avoue, je le répète avec délice ; mais à votre tour ayez pitié de ma raison, révélez-moi ce mystère !

Edgar était, pour ainsi dire, jaloux de son talisman, et de l'effet qu'il produirait sur l'imagination exaltée de Valentine ; il voulut distraire sa curiosité en parlant de ce prodige comme d'une chose indifférente, « Ce mystère, dit-il, est beaucoup moins extraordinaire que vous ne l'imaginez. Bientôt je vous l'expliquerai, et vous verrez qu'il ne méritait pas de vous occuper si long-temps.

M. de Lorville prononça ces mots de ce
ton doux et décidé qui ne laisse aucune espérance; et Valentine, qui était dans une
de ces dispositions où l'esprit épuisé par le
cœur, incapable d'analyser et de contrarier,
adopte aveuglément toutes les croyances,
se contenta de cette réponse, qui ne lui
aurait pas suffi dans tout autre temps.

De désespoir, elle questionna alors M. de
Lorville sur son prétendu mariage avec
mademoiselle de Sirieux. — « Il en a été
question, répondit-il, mais mon père ne
savait pas que je vous aimais; il a été ravi
de l'apprendre, et nous attend avec impatience à Lorville. Vous savez que nous par-
tons samedi, après la messe.

— Je ne sais rien de cela, reprit Valentine en rougissant; quoi, c'est samedi?

— Oui, samedi ; nous arriverons à Lorville le jour même. Oh ! que mon père sera
heureux de vous revoir ! Il se fait une fête
de vous nommer sa fille.

— Ma pauvre mère ! s'écria alors Valentine, qu'elle serait heureuse aujourd'hui ;
Edgar, comme elle vous aimerait !

Et Valentine se mit encore à pleurer,
et Edgar l'embrassa de nouveau pour ses
larmes.

— Chère Valentine, dit-il, ne troublez
pas mon bonheur par des regrets si amers.

— J'ai perdu si jeune, répondit-elle,
ceux qui m'aimaient !

— Hélas ! oui, mais songez que moi aussi
je vous aime, et que je suis jaloux de tous
vos souvenirs.

—Il en est un pourtant que je dois rappeler au jour de mon bonheur, dit Valentine en rougissant; il est un nom que je ne prononce jamais qu'avec rescpect, et que j'ai promis de vous faire chérir.....

— Je devine, interrompit Edgar, voyant le trouble de Valentine, celui de M. de Champléry; Ah! croyez que personne plus que moi, ne bénis et révère sa mémoire!

— Mon bon vieil ami! s'écria Valentine, vous aviez raison de compter sur ma reconnaissance; je sais aujourd'hui combien vous m'aimiez! et elle se remit à pleurer pour la troisième fois. La pauvre Valentine n'avait peut-être pas versé tant de larmes pendant toute sa vie, que dans ce seul jour de bonheur!

XXIV.

M. de Lorville était parvenu à calmer le
désespoir et l'indignation de madame de
Clairange, en lui persuadant qu'elle seule
avait, par ses insinuations ingénieuses, décidé Valentine à se remarier, et que c'était
à son adresse maternelle qu'ils devaient
tous deux leur bonheur. « Le monde sait
cela, avait-il dit pour l'entraîner, et chacun

a rendu justice à votre zèle et surtout à votre habileté dans toute cette affaire. Quant à moi, avait-il ajouté avec ce ton doux et faux qui séduit toutes les femmes médiocres, et qu'il savait être tout-puissant sur elle, vous ne doutez pas de ma reconnaissance! »

Cette ruse d'Edgar avait réconcilié Valentine avec sa belle-mère, qui, ne laissant jamais échapper une occasion de briller d'une manière sentimentale, voyait dans la cérémonie de son mariage un avenir d'émotions convenables à figurer, d'attitudes nobles et qui embellissent à imiter, de sentimens touchans à parodier, enfin un beau rôle de mère qui devait faire valoir, devant un public digne d'elle, les éminentes qualités de son cœur.

Les instances d'Edgar et de Valentine, n'avaient pu empêcher madame de Clairange

d'inviter à la hâte ses parens, amis et indifférens pour le jour de la signature du
contrat. C'était le surlendemain; et certes
il fallait une grande diligence pour ameu-
ter tant de monde en si peu de temps. Il
n'y a que la vanité qui sache être si active.
Valentine avait beau rappeler à sa belle-
mère que M. Laréal n'était point guéri,
qu'il était même plus mal que le soir où
elle avait tout sacrifié pour lui; madame de
Clairange ne l'écoutait point. Que lui im-
portait alors M. Laréal et sa jambe cassée,
ce malheur lui était inutile, aujourd'hui
qu'elle pouvait paraître sensible *at home,* et
faire de l'effet sans se déranger. M. Laréal, sa
maladie et les soins charitables furent donc
mis de côté ce soir-là; madame de Champléry fut condamnée au supplice de voir son
bonheur observé, pesé, commenté, et ce
qu'il y a de pis, dérangé par cent personnes

que son mariage n'intéressait pas, ou qui peut-être en étaient contrariées.

Edgar cherchait à la consoler de cet ennui par les mots les plus aimables; étant seul avec elle dans le salon en attendant que sa belle-mère fût prête, et que les invités fussent arrivés, il lui adressait les flatteries les plus gracieuses sur sa beauté et sa parure; mais Valentine ne se montrait pas résignée. — « Comme je vais m'ennuyer pendant cette soirée! disait-elle; que répondre à tous ces complimens qu'on se croira obligé de m'adresser, quelle contenance avoir pour ne pas paraître trop embarassée ou ridicule? Quand j'aurai regardé deux ou trois fois mon éventail en faisant une révérence, je ne saurai plus quelle attitude prendre, ce moyen de contenance déjà un peu usé ne pourra plus servir. Si j'avais au moins un lorgnon comme celui-ci, ajouta-t-elle en désignant celui d'Edgar, je m'amuserais à regarder çà et là, et j'aurais plus d'assurance. L'habitude de lorgner, continua-t-elle en souriant, donne un air malveillant qui ôte l'air gauche, et c'est pour cela, je crois, qu'avec des yeux excellens vous portez toujours ce lorgnon.

—Voulez-vous que je vous le prête ce soir, dit Edgar ; je pensais justement à vous l'offrir ?

—Non ; merci, reprit-elle, j'y vois plus clair avec mes yeux.

— Vous croyez ? dit Edgar, dissimulant mal un sourire, je vous affirme que si vous aviez ce lorgnon pour observer tout ce monde, vous ne vous ennuyeriez pas un instant.

— Comment, reprit Valentine étonnée, il est donc bien extraordinaire? » Puis tout à coup saisie d'une idée; en effet, je me rappelle... M. de Fontvenel et M. Narvaux m'ont souvent fait remarquer ce lorgnon, comme une singularité dont ils voulaient pénétrer le mystère, et qui....

—Vraiment? interrompit Edgar, inquiet et devenant sérieux.

— Oui, reprit Valentine, nous avions même formé le projet d'en exiger le sacrifice et de vous en donner un autre plus joli; je ne me souviens plus trop des détails de ce grand complot; je sais seulement que j'en étais.

— Si cela est ainsi, dit Edgar, un peu troublé, il faut pour déjouer leur complot que vous soyez du mien, et que vous me

promettiez toute la discrétion que réclame
un secret important.

— Oh! je vous jure d'être discrette, s'é-
cria Valentine en voyant que M. de Lorville
parlait sérieusement.

— Je puis me fier à vous? reprit-il en
hésitant encore.

— Je pourrais m'offenser de cette question, mais j'aime mieux répondre tout simplement, oui.

— Eh bien, dit Edgar, aujourd'hui que
nos intérêts sont les mêmes, il est temps de
vous révéler un secret qui vous expliquera
toute ma conduite.

— Parlez, reprit avec impatience Valentine, qui entendant déjà plusieurs voitures
entrer dans la cour de l'hôtel, prévoyait

qu'Edgar n'aurait pas le temps d'achever son récit; on vient.... parlez.

— Il est déjà trop tard pour vous expliquer cette merveille, dit-il, tâchez qu'on ne la remarque pas, et surtout cachez bien votre étonnement, lorsque...

Edgar n'en put dire davantage; on annonça madame de Fontvenel, son fils et sa fille; et Valentine se hâta de cacher le lorgnon dans sa ceinture, se réservant d'en faire l'épreuve dès qu'elle le pourrait sans paraître extraordinaire.

Madame de Clairange sachant que plusieurs personnes étaient déjà réunies dans son salon, s'y rendit aussitôt; elle était pâle, n'ayant point mis de rouge contre son ordinaire, non pas par oubli, car elle avait pensé à n'en pas mettre. L'air triste d'une femme sensiblement émue lui paraissait indispensable ce jour-là. Valentine aurait bien voulu essayer en la regardant le lorgnon qui la préoccupait si vivement; mais il n'y avait pas encore assez de monde dans le salon, pour qu'un de ses mouvemens passât inaperçu. D'ailleurs chacun lui parlait, s'occupait d'elle, et lorsqu'on est soi-même l'objet de l'observation de tous, on est mal placé pour observer.

Les membres des deux familles admis à entendre la lecture du contrat arrivèrent. Madame de Montbert qui venait pour la première fois chez madame de Clairange, fut reçue par elle avec une politesse empressée, difficile à concilier avec l'air de langueur affectueuse qu'elle avait combiné pour toute la soirée.

— Je vous ai fait bien de la peine l'autre

jour ma chère Valentine, dit madame de
Montbert à sa future nièce, mais je l'ai fait
exprès, et c'est mon excuse; d'ailleurs Edgar
a été si heureux du chagrin que je vous ai
causé que vous me le pardonnerez, n'est-ce
pas?

Comme Valentine s'apprêtait à répondre,
madame de Clairange vint leur parler, et dès
lors le supplice de madame de Champléry
commença : la quantité de choses inconve-
nantes que sa belle-mère pouvait dire en
moins de dix minutes pour l'embarrasser,
était un véritable problème; rien ne s'expliquait moins, que ce manque absolu de tact,
de bon goût dans une personne que nul sentiment vif n'entraînait, et qui avait l'habitude de choisir toujours ce qu'il y a de mieux
à dire ou à faire; on ne concevait point,
comment étant parvenue à s'acquérir les ver-

tus les plus difficiles à pratiquer, elle n'a-
vait pu atteindre à cette qualité ; c'est que
le bon goût, est, pour ainsi dire, la pudeur
de l'esprit : voilà pourquoi il ne peut s'imiter ni s'acquérir.

— Seriez-vous souffrante ? demanda madame de Fontvenel à madame de Clairange,
qui paraissait attendre cette question.

—Un jour comme celui-ci, est toujours si
pénible pour nous ! répondit-elle en feignant
de réprimer une émotion qu'elle n'éprouvait pas. Je ne puis me faire à l'idée de me
séparer de Valentine. La première fois que
je l'ai mariée, j'ai bien souffert ; mais j'é-
prouve encore plus de tristesse aujourd'hui.
Depuis la mort de son mari, elle m'avait été
rendue, et j'esperais la garder près de moi
plus long-temps.

Valentine sentant combien le souvenir de
son premier mariage était ridicule à rappeler
en ce moment, faisait tous ses efforts pour
interrompre une élégie si maladroitement
commencée ; mais il n'était pas facile d'arrêter madame de Clairange lorsqu'elle était
lancée dans un sentiment qu'elle croyait convenable; et le parallèle entre les deux ma-
riages une fois établi, il fallut le subir jusqu'au bout.

Par sa situation singulière, Valentine
éprouvait alors tous les genres d'embarras,
le trouble d'une jeune fille qu'on marie, et
l'embarras d'une veuve qui se remarie. Heureusement, M. de Lorville, dont la présence ajoutait encore à ce tourment, en eut
pitié et mit fin à cette conversation en demandant à madame de Clairange si le notaire
était arrivé. — Il est là, dit-elle, en montrant

la porte de son second salon, il nous attend.
» Alors on passa dans le salon voisin, et chacun prit place solennellement pour écouter
la lecture du contrat.

Au moment où le notaire commençait à
lire, l'arrivée pompeuse d'une parente vint
l'interrompre. C'était une nouvelle mariée,
éclatante, d'or et de pierreries; M. de Lorville que l'apparition de cette femme devait émouvoir dans une telle circonstance
ne la reconnut point. Il ne pouvait deviner sous cette nuée de plumes blanches,
à travers ces blondes étagées, sous ces lour-
des parures, cette jeune et belle personne
dont la mise si simple avait naguère séduit
ses yeux; enfin, il ne pouvait reconnaître
sous ce costume de grand-mère, la sylphide
mademoiselle d'Armilly. Pourtant c'était
bien elle; mais elle était tombée dans le tort

commun aux nouvelles mariées, qui dans leur empressement de porter les parures interdites aux jeunes personnes, s'affublent comme de vieilles femmes.

Mademoiselle d'Armilly ayant épousé un cousin de madame de Champléry n'avait été invitée que pour signer le contrat de mariage; et il était évident qu'elle avait hâté son arrivée pour en entendre la lecture. Cette curiosité de parens soupçonneux ne surprit point M. de Lorville; nul sentiment intéressé, nul étroit calcul ne pouvait l'étonner de la part de cette jeune nymphe si langoureuse dont il connaissait les sordides faiblesses. Malgré sa dissimulation, la première rivale de Valentine ne pouvait cacher l'envie qui perçait en dépit d'elle à travers ses complimens et ses éloges offensans, qui semblaient menacer le bonheur pour lequel

elle exprimait tant de vœux. Valentine n'a-
vait jamais aimé mademoiselle d'Armilly,
peut-être bien parce que madame de Clairange la citait toujours comme le modèle
des jeunes personnes, en exagérant sa douceur et sa modestie ; aussi, par un instinct
conservateur de ses illusions, Valentine qui
ne voulait point tenter l'épreuve du lorgnon
magique sur sa chère Stéphanie, en fit-elle
l'essai sans crainte sur sa nouvelle cousine,
dont la parure brillante et à l'effet motivait
assez une attention particulière?

Le notaire continua la lecture, et chacun écoutant avec recueillement les différentes clauses du contrat, Valentine jugea
que le moment était favorable. Mademoiselle d'Armilly prêtait une si grande attention à cette lecture qu'on pouvait la lorgner
long - temps avant qu'elle s'en aperçût.

Tout à coup Valentine lui vit faire un mouvement de surprise à un certain article du contrat qu'elle-même n'avait point écouté. Elle saisit le lorgnon et se mit à la regarder. D'abord Valentine rêsta un moment stupéfaite et comme épouvantée de cette merveille. Quoique M. de Lorville l'eût prévenue et qu'elle lui eût promis de ne donner aucun signe d'étonnement, il lui fut impossible de cacher sa surprise, elle porta subitement la main à ses yeux, comme une personne qui croit rêver; et chacun la voyant ainsi émue imagina qu'elle essuyait des larmes d'attendrissement et de reconnaissance, touchée des sacrifices que M. de Lorville faisait en sa faveur, et que cet acte lui apprenait; mais Valentine ne savait rien de tout cela, et le talisman que venait de lui confier Edgar l'occupait bien plus que la fortune qu'il lui assurait. Elle n'apprit même cette clause de contrat que par la pensée de sa cousine qui se disait : « Il lui reconnaît cinq cents mille francs! il est bien généreux! si j'avais su cela... » Puis attachant sur son mari un regard plein de tendresse qui semblait dire : Je vous aime, elle pensait : « Je n'aurais pas été réduite à épouser cet homme si laid, pour si peu! »

Il y avait un contraste si comique entre ce regard tendre, et cette réflexion pleine de dégoût, que malgré la solennité d'un tel moment, Valentine se prit à rire.. Un coup d'œil de M. de Lorville la ramena au sérieux convenable; alors elle essaya de se rappeler toute la conduite d'Edgar, et de se l'expliquer par ce talisman dont elle était confidente. A la place de Valentine une autre femme aurait frémi de cette découverte, et aurait bien vite cherché dans sa mémoire, si depuis

qu'elle connaissait M. de Lorville, elle n'a-
vait eu aucune pensée qu'elle eût désiré lui
cacher; mais, madame de Champléry savait trop combien elle gagnait à être devinée pour avoir rien à craindre du passé.

— « C'est pour cela qu'il m'a aimée pensait-elle, ce lorgnon semble avoir été in-
venté pour faire valoir mon caractère, pour
moi seule enfin, qui ai des défauts si vi-
sibles et qui ne dissimule jamais que mes
bons sentimens. » Puis elle se perdit en conjectures sur l'histoire de cette merveille, et
ce ne fut qu'après un certain temps qu'elle
se sentit assez remise de son trouble pour
essayer une seconde épreuve.

Madame de Clairange placée en face d'elle
avait les yeux baissés, la tête languissamment
penchée, le bras appuyé mollement sur le

coussin d'un canapé, et elle paraissait décidée à rester quelque temps dans cette attitude commandée par la mélancolie. Valentine profita de ce moment pour braquer le lorgnon sur sa pensée. » — Oui, c'est bien comme cela, se disait madame de Clairange, que serait aujourd'hui la mère de Valentine ? » Ainsi Mlle Mars pourrait se dire en étudiant un rôle nouveau, « c'est bien comme cela que Mlle Contat l'aurait joué.

Malgré le triste souvenir que cette pensée réveillait dans l'ame de Valentine, elle en sourit dédaigneusement, et pour se distraire elle fixa ses yeux sur madame de Montbert dont l'air mécontent la préoccupait. — Je ne sais vraiment, pensait-elle, ce qu'a Valentine ce soir, elle ne fait que rire de la manière la plus inconvenante. »

23

— Cette leçon rendit madame de Champléry à elle-même; elle renonça au plaisir
d'étudier ainsi ses amis, et elle redevint aussitôt grave et triste, comme il convenait de
l'être pendant cette lecture solennelle.

Cependant cette lecture se termina; chacun vint à son tour signer le contrat de mariage, et les conversations s'engagèrent.
Cette soirée tant redoutée, Valentine la trouvait fort amusante; dès qu'on la laissait
seule un instant, elle se mettait à lorgner,
l'on comprend l'intérêt et le plaisir qu'elle y
trouvait. Les principaux membres de la famille ayant signé, vint le tour de M. de
Fontvenel. Valentine remarqua que la plume
tremblait dans sa main, elle l'observa avec
curiosité, et cette pensée l'émut profondément : « Du courage, se disait-il, elle ne m'a
jamais aimé, et ne sait pas combien je la re-

grette. Je ne dois pas être triste ; mon ami
sera si heureux ! »

Touchée de ce noble sentiment, elle s'approcha de lui, et lui tendant la main :
« Vous serez toujours notre meilleur ami,
dit-elle de ce ton affectueux qui guérit
toutes les blessures ; M. de Fontvenel lui
baisa la main avec reconnaissance, touché
de voir qu'elle l'avait compris. Il est si doux
d'être assisté dans une grande émotion par
celle qui la cause.

Après M. de Fontvenel, un jeune homme
que M. de Lorville venait de présenter à
Valentine, s'approcha de la table pour signer ; c'était ce même publiciste qu'Edgar
avait rencontré dans la maison de la rue du
Bac, et avec lequel il s'était lié depuis inti-
mement. Madame de Champléry, frappée

de la physionomie spirituelle du jeune écrivain, le lorgna pendant qu'il signait.

— Pauvre Angeline ! notre mariage est
bien incertain, pensait-il, puis cédant la
plume à un autre, il s'éloigna en se disant :
que toutes ces femmes sont gracieuses ! la
duchesse de ****** est ravissante ; Angeline
est jolie, mais elle n'a pas cette tournure,
cette aisance de manières des femmes du
grand monde..... Sa lettre de ce matin m'a
fait bien de la peine, elle pleure nuit
et jour !... pauvre enfant !... mais n'importe, je ne dois plus lui écrire, son père
s'opposant à cette union... ce serait man-
quer à l'honneur... et d'ailleurs, c'est une
folie à mon âge que de vouloir se marier...
dans quatre ans, si mon grand ouvrage
a du succès, je serai au Conseil d'état, et
je pourrai choisir.

— Voilà un jeune homme qui ne manque pas d'ambition, pensa Valentine. Ah! s'il possédait ce talisman...

Pendant ce temps, Edgar se plaisait à contempler l'étonnement de madame de Champléry, à chaque nouvelle observation que ce lorgnon lui fournissait, et souriait de toutes les ruses qu'elle employait pour regarder sans être vue. Toutefois, il éprouvait un sentiment confus de dépit, il en voulait à Valentine de l'oubli qu'elle semblait faire de lui, et il se demandait pourquoi elle ne cherchait pas à deviner sa pensée.

— Parce que je la sais, dit-elle en passant rapidement devant lui, et M. de Lorville fut saisi à son tour d'entendre ainsi répondre à une idée qu'il n'avait pas exprimée.

— Mille complimens, mille complimens
cher Edgar, s'écrie alors une voix bien
connue de Valentine, recevez tous deux
mes vœux sincères, ah! bien sincères, on
n'en doute pas. Ce n'est pas Frédéric
Narvaux qui a jamais trompé personne (ses
amis, du moins,) car pour les femmes, je
n'en répondrais pas, je ne me fais pas
meilleur que je ne suis.

— Des vœux aussi sincères, sont sûrs
d'être bien accueillis, répondit M. de Lorville d'un ton railleur. Croyez que j'en suis
pénétré, allez, mon cher; je vous dois plus
que vous ne pensez.

—Vous l'entendez, dit M. Narvaux à une
personne avec laquelle il venait d'arriver,
puis il se mit à causer avec elle d'un air
de confidence qui excita la curiosité de

Valentine; elle prêta l'oreille et entendit M. Narvaux, dire à voix basse:

— Sans moi, ce mariage était manqué, Edgar était parti subitement, il ne voulait plus en entendre parler; j'ai couru après lui, je lui ai fait sentir que les choses étaient trop avancées, qu'il ne pouvait rompre, j'ai parlé du désespoir de la pauvre madame de Champléry, enfin j'ai tant fait qu'il l'épouse aujourd'hui.

—Valentine ignorant à quel point M. Narvaux était habile dans l'art de mentir, crut, qu'en effet, on l'avait calomniée près d'Edgar; et que sans le talisman qui lui avait permis de lire dans son cœur, il aurait peut-être cessé de l'aimer; alors elle sut bon gré à M. Narvaux d'avoir cherché à la justifier, et se mit à le lorgner, ne doutant pas que

des pensées dont l'enveloppe était si grossière, ne gagnassent à être pénétrées. Son
regard tomba sur lui au moment où se
vantant d'être la cause de son mariage,
il pensait cela :

— « Ce n'est pas ma faute si ce mariage
a lieu, j'ai fait tout ce que j'ai pu pour
l'empêcher. »

Cette fois, Valentine fut si surprise, si
épouvantée d'un tel excès de fausseté,
qu'elle chercha des yeux Edgar, pour trouver, dans le cœur où elle était aimée, un
refuge contre tant de malice ; puis comme
fascinée par le mal et la curiosité qu'il
inspire, elle lorgna une seconde fois
M. Narvaux :

— Que vois-je, pensait-il, le lorgnon

d'Edgar dans les mains de sa prétendue!
il y a là quelque mystère... si je pouvais
lui dérober un moment ce lorgnon... oui,
je veux savoir à quoi m'en tenir.

Valentine tressaillit; elle comprit alors
tout le danger d'un pareil talisman dans
les mains d'un homme méchant, et elle
apprécia plus que jamais la noblesse du caractère de M. de Lorville, en se rappelant
sa conduite depuis qu'il en était possesseur.
Ah! combien cette idée le lui rendait cher!
Dominée par les doux sentimens que cette
réflexion faisait naître, Valentine répondit
à peine aux complimens, aux adieux des
parens et des amis qui se retiraient.

Quand tout le monde fut parti, Edgar
lui demanda la cause de sa profonde rêverie.

— Je pensais à ce talisman, répondit-elle, au noble usage que vous en avez fait.

— Je n'ai donc pas eu tort de vous faire cette confidence, dit Edgar.

Au contraire, comment ne pas vous aimer davantage en songeant que cette pénétration surnaturelle ne vous a servi qu'à deviner ma tendresse et le malheur de votre ami, que ce pouvoir si redoutable vous ne l'avez employé qu'à deux actions généreuses !

Puisque ce talisman me fait aimer, gardez-le, je n'en ai plus besoin ; la pensée des indifférens commence à m'ennuyer, la vôtre vous me la direz.

— Je l'accepte, dit Valentine avec tendresse, mais je vous le rendrai si jamais vous doutez de moi.

M. et madame de Lorville sont encore
possesseurs de ce lorgnon; ils le cachent avec
soin aux méchans et aux ambitieux; prudence inutile, ce talisman serait sans puissance dans leurs mains; car il faut avoir
l'esprit libre et le cœur pur pour juger le
monde tel qu'il est; il faut n'avoir rien
à désirer pour regarder sans illusion, rien
à cacher pour observer sans malveillance.

FIN.

Sous presse :

NAPOLINE,

POÈME ;

Par Madame Emile de Girardin.

www.ingramcontent.com/pod-product-compliance
Lightning Source LLC
Chambersburg PA
CBHW050316030726
47505CB00003B/734